El rey ilegítimo

OLIVIA GATES

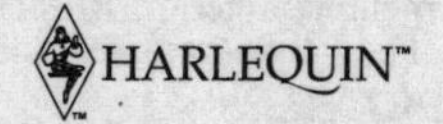

Editado por HARLEQUIN IBÉRICA, S.A.
Núñez de Balboa, 56
28001 Madrid

EL REY ILEGÍTIMO, N.º 1774 - 2.3.11
Título original: The Illegitimate King
Publicada originalmente por Silhouette® Books.

I.S.B.N.: 978-84-671-9614-6
Depósito legal: B-1404-2011
Editor responsable: Luis Pugni
Preimpresión y fotomecánica: M.T. Color & Diseño, S.L.
C/ Colquide, 6 portal 2 - 3º H. 28230 Las Rozas (Madrid)
Impresión en Black print CPI (Barcelona)
Fecha impresion para Argentina: 29.8.11
Distribuidor exclusivo para España: LOGISTA
Distribuidor para México: CODIPLYRSA
Distribuidores para Argentina: interior, BERTRAN, S.A.C. Vélez Sársfield, 1950. Cap. Fed./ Buenos Aires y Gran Buenos Aires, VACCARO SÁNCHEZ y Cía, S.A.
Distribuidor para Chile: DISTRIBUIDORA ALFA, S.A.

Prólogo

–¡No sabía que existieran hombres tan perfectos!

Clarissa D'Agostino frunció el ceño al escuchar a su amiga y siguió frotándose la mancha de ciruela del vestido de noche.

–¿De qué estás hablando?

–Estoy hablando… de ése de ahí.

Clarissa levantó la cabeza, no para buscar el objeto de la admiración de su amiga, sino para comprobar si ésta estaba borracha.

–Yo pensé que era imponente de perfil... De frente está mucho mejor –comentó Luci, abanicándose.

Clarissa la miró haciendo una mueca. Luciana Montgomery, convencida feminista y educada en Estados Unidos, no solía babear por ningún hombre. De hecho, ella nunca la había oído alabar el físico de un hombre, ni en Estados Unidos, donde habían ido a la universidad juntas, ni en Castaldini, un país lleno de hombres imponentes.

Era extraño, pensó Clarissa. Y empezó a parecerle absurdo cuando su amiga la agarró del brazo con excitación.

–¡Está mirando hacia aquí! –exclamó Luci.

–Creí que sólo habías bebido una copa de champán, Luci –comentó Clarissa y se giró para observar al hombre que había transformado a la joven más seria que conocía en una adolescente enamoradiza.

La sala estaba llena de hombres que Clarissa no conocía. Aunque era la princesa de Castaldini, había estado fuera de su país mucho tiempo y nunca había tenido una vida social muy activa en la corte. Pero, entre todos ellos, Luci sólo podía estar refiriéndose a uno, pensó.

No era perfecto, sino más que eso. Sobrepasaba todos los adjetivos que Clarissa conocía. Apenas podía creer que fuera de carne y hueso.

Aunque lo era. Y estaba mirándolas. Mirándola.

Clarissa sintió que el corazón se le salía del pecho. El tiempo pareció detenerse. Todo lo que la rodeaba se desvaneció. Sólo una cosa existía para ella. Los ojos de ese hombre. Como cielos de tormenta iluminados por relámpagos. Y la estaban mirando.

Clarissa se estremeció al leer en esos ojos las mismas sensaciones que la recorrían a ella. Una corriente invisible ardía entre los dos.

De pronto, él parpadeó y apartó la vista. Clarissa se dio cuenta del porqué. El padre de ella había llegado.

El rey Benedetto había aparecido detrás de él, con una amplia sonrisa.

El hombre miró al rey como si no lo reconociera. El rey habló, el hombre escuchó. Como guiada por una fuerza misteriosa, Clarissa se aproximó a ellos. Necesitaba estar cerca. Entonces, el hombre se giró de nuevo y volvió a mirarla a los ojos.

Ella se detuvo. Dejó de respirar. El corazón le dejó de latir. Se sintió como si le hubieran tirado un cubo de agua helada.

La mirada de él era inconfundible. Estaba llena de frialdad. Hostilidad. Eso sólo podía significar una cosa, se dijo Clarissa. Se había equivocado hacía unos minutos. Lo que había visto en sus ojos no podía haber sido atracción.

Antes de que pudiera volver sobre sus pasos, sintiéndose mortificada por su error, el hombre se giró y se alejó del rey.

Clarissa se quedó allí parada, sintiéndose como si le hubieran clavado un puñal en el pecho. La voz de Luci le hizo regresar al mundo real.

–¡Cielo santo! ¿Quién era ése?

Clarissa era incapaz de pensar. Ni de hablar.

–El salvaje hombre de hierro –dijo Stella, irrumpiendo entre las dos.

Desde que eran niñas, Stella siempre había intentado hacerle la vida imposible a Clarissa. Por suerte, sólo eran primas terceras, así que ella no había tenido que verla muy a menudo. Aunque le hubiera gustado no verla en absoluto.

–¿Eh? –dijo Luci, sin entender.

–Es Ferruccio Selvaggio, armador multimillonario. A sus treinta y dos años, es uno de los hombres más ricos del mundo. Es cruel e imparable y no consiente que nadie ni nada se interpongan en su camino. De ahí le viene su apodo, que también resume el significado de su nombre y su apellido.

–Eso lo dirás tú –dijo Luci con una mueca.

–Lo dice todo el mundo. Es malvado. Pero, a juzgar por el entusiasmo del rey, parece que está dispuesto a pasar por alto ese detalle, junto con el hecho de que Ferruccio es un hijo bastardo, a cambio de que el multimillonario invierta su dinero en Castaldini.

–Cielos, Stella, qué lengua tienes. Espero que la gente no te tome como ejemplo de la realeza –comentó Luci–. Sería muy injusto que por tu culpa todas las princesas se ganaran la reputación de perras perversas.

–Ya que tú eres una perra cruzada, Luciana, no tienes que preocuparte por eso. Pero eso te convierte en la mercancía perfecta para él. Aunque la sangre azul en tus venas esté muy diluida, puede bastar para que él obtenga su título de nobleza. Con todo el dinero que tiene, puede ser un buen cambio.

Luci siguió discutiendo con Stella, mientras Clarissa se apartaba de ellas. No podía soportar las viles palabras de Stella.

Clarissa había caminado un buen trecho entre la multitud cuando algo le hizo girarse.

Él estaba dirigiéndose hacia donde ella había estado. ¿Estaría yendo a buscarla?, se preguntó Clarissa y comenzó a volver sobre sus pasos, emocionada.

El hombre en cuestión se detuvo junto a Luci y Stella. ¿Les estaría preguntando por ella?, se dijo Clarissa.

Al estar lo bastante cerca, pudo oír la profunda voz de él con un inconfundible tono de flirteo.

Algo se retorció dentro de Clarissa, como un papel a punto de convertirse en cenizas por las llamas. Sus pies cambiaron de dirección al instante, hasta que casi se puso a correr hacia la salida. Al llegar a la terraza del salón, se obligó a respirar.

Qué tonta había sido.

Lo había imaginado todo. Había creído que él podía sentir la misma atracción que ella había sentido. Pero él se había fijado en Luciana, no en ella. O, tal vez, miraba a todas las mujeres con el mismo gesto seductor con que la había mirado a ella.

Intentando contener las lágrimas de frustración y desengaño, Clarissa se ocultó entre las sombras.

No servía como princesa, se dijo ella. Pero su padre le había pedido que tomara parte activa en la corte y en su reino, a su lado, ocupando el lugar de su madre. Había sido la primera cosa que su padre le había pedido jamás. Y ella no lo decepcionaría.

Clarissa intentó enderezar la espalda, se giró y chocó contra un muro de fuerte y cálida masculinidad. Él.

Ella dio un traspié hacia atrás, empezó a disculparse, intentó pasar a su lado, presa de la conmoción.

Pero él le bloqueó el paso. Sin tocarla, su mera presencia envolvió a Clarissa en un abrazo del que no podía escapar. Y, cuando sus ojos se encontraron, se quedó petrificada.

Él la miraba con la misma intensidad que ella había percibido la primera vez.

Clarissa se estremeció, el mundo empezó a dar vueltas a su alrededor. Entonces, vio cómo los labios de él se movían. Su voz era profunda y bien templada, hipnótica e irresistible.

–Me voy. Tú tampoco estás disfrutando con la fiesta. Ven conmigo.

Ella levantó la vista para mirarlo a los ojos. Era demasiado... perfecto. Alto, con rasgos de dios del Olimpo, cara de ángel, cuerpo de oro, bronce y hierro...

Era peligroso, se dijo Clarissa, sin respiración. Si aquel hombre podía afectarla de ese modo con una sola mirada, era realmente letal.

Los ojos de él irradiaban una actitud posesiva indiscutible. La misma que habían mostrado la primera vez que ella lo había visto. ¿Y después? ¿Por qué la había mirado con tanta frialdad? ¿Por qué había usado sus encantos con las otras dos mujeres?

¿A qué estaría jugando?, se preguntó Clarissa. Tal vez, él esperaba que todas las mujeres se rindieran a sus pies y, tras haber conquistado a Luci y a la víbora de Stella, había decidido ir tras ella. ¿Pero por qué?

Él dio un paso hacia ella, lleno de seguridad. Su cuerpo, además, vibraba con algo parecido al… ¿deseo?

Clarissa se quedó extasiada, incapaz de reaccionar, esperando a que él hablara de nuevo.

–¿No sabes si puedes confiar en mí? –preguntó él–. Debes saber que sí puedes.

Clarissa siguió mirándolo, muda.

–Pensé que podíamos obviar los formalismos, que podíamos disfrutar de esta… –comenzó a decir él y exhaló. Se tocó el corazón y señaló hacia el corazón de ella– de esta conexión, sin interferencias exteriores. Quizá, pida demasiado –añadió y suspiró–. Vayamos dentro. Encontraremos a tu padre. Él podrá hablar a mi favor.

Él sabía quién era ella, reflexionó Clarissa.

Por eso estaba allí y no con las otras mujeres. No había ido por ella. Sólo estaba buscando a la princesa Clarissa D'Agostino, la hija del rey. Era como todos los demás, se dijo.

Stella había dicho que estaba buscando alguien de sangre azul con quien casarse para conseguir algún título real. Quizá tuviera razón.

Si no… ¿por qué iba a fijarse en ella?

Nadie la había querido nunca de veras, pensó Clarissa.

–No será necesario, señor Selvaggio –dijo ella al fin, hundida en la humillación.

–¿Me conoces?

–Me han hablado de usted. Ferruccio Selvaggio, armador y potencial inversor en Castaldini.

–Ahora mismo, sólo soy un hombre que quiere disfrutar del placer de tu compañía durante el resto de la velada. Siéntate conmigo en la cena.

No era una invitación, sino una orden, observó Clarissa. Y ella habría aceptado sin pestañear si no fuera porque sabía que el acercamiento de él no era en absoluto desinteresado.

Ella ladeó la cabeza, intentando actuar como los profesores de etiqueta le habían enseñado a comportarse para salir de situaciones indeseadas.

–Gracias por la invitación, señor Selvaggio. Pero mi... situación no me permite... estar con usted. Estoy segura de que podrá encontrar a otra persona que lo acompañe.

Él se puso tenso, como si acabara de recibir una bofetada en la cara. Ella le había dado a probar su propia medicina. Si él la quería por su título real, ella le había hecho ver que no lo quería a él por la misma razón.

Al fin, él se encogió de hombros.

–Es una pena. Pero puede que llegue un día en que tu... situación no te deje otra opción que estar conmigo –señaló él, inclinó la cabeza, se giró y, antes de irse, la miró por encima del hombro para murmurar–: Hasta ese momento.

Capítulo Uno

Seis años después.

Al fin, se dijo Ferruccio Selvaggio, sonriendo con una mezcla de amargura y satisfacción.

Había conseguido tener a Clarissa D'Agostino donde quería.

Ferruccio había estado esperando demasiado tiempo a que llegara ese momento. Seis años. Ella lo había esquivado durante todo ese tiempo. La princesa que había pensado que toda su riqueza y su poder no bastaban para hacerlo digno de ella y su linaje. No era más que una mujer de sangre azul que pensaba que los bastardos, por muy influyentes y ricos que fueran, no merecían ser tratados con dignidad.

Ese día, a pesar de todo su desdén, la princesa había bajado de sus alturas para solicitar reunirse con él. Y, si todo salía según lo previsto, Ferruccio haría que ella se inclinara ante él de más maneras de las que ella creía.

La haría suya, para empezar.

Él había estado fantaseando con hacerla suya desde la primera vez que se habían visto. No había podido olvidar la mirada de ella...

Había sido la primera vez que Ferruccio había asistido a un acto de la corte. Se había sentido un poco inseguro, sin saber qué pensar. La mayoría de los allí reunidos habían sido del clan D'Agostino. Supuestamente, de su familia.

Pero él no llevaba su mismo apellido. Sus padres no lo habían reconocido, como hijo y otra familia le había dado el nombre que llevaba en la actualidad.

Ferruccio había averiguado hacía mucho que era un D'Agostino. En ese tiempo, él había exigido el reconocimiento público de su origen. Sus padres, sin embargo, habían estado dispuestos a todo menos eso. Él les había dicho, entonces, lo que podían hacer con sus ofertas de amor y de apoyo. Había sobrevivido sin ellos. Había labrado su camino solo, sin su ayuda.

Con el tiempo, había alcanzado el éxito y había considerado que era hora de conocer el lugar que debía haber sido su hogar por derecho propio: la corte. Había tenido curiosidad por saber cómo era la gente allí, los que debían haber sido su familia. Había querido saber si se había perdido algo, si estaba a tiempo de recuperar las raíces que nunca había tenido.

Entonces, Ferruccio había acudido a la corte del rey y todos le habían dado la bienvenida, empezando por el mismo rey. Sin embargo, él no recordaba a nadie más después de haberla visto a ella entre la multitud.

La había visto de perfil, con la cabeza agachada, concentrada en frotarse algo en el vestido violeta que llevaba. Y, a partir de ese momento, él no había podido quitarle los ojos de encima.

Sorprendido y cautivado, Ferruccio había sentido la necesidad de verla de cerca, de mirarla a los ojos. Entonces, ella se había girado hacia él. Se habían mirado y una atracción innegable había fluido entre ellos. Él había sentido que aquella mujer era la materialización de todas sus fantasías.

Físicamente, ella reunía los más selectos requisitos: tenía el pelo del color de las playas de Castaldini, pintado con rayos de sol. Su cuerpo era, al mismo tiempo, exuberante y esbelto, y exudaba la feminidad más exquisita. Y su rostro era perfecto.

Pero habían sido sus ojos violetas y lo que había visto en ellos lo que había conquistado a Ferruccio.

Había creído percibir una última cualidad en esos ojos, algo que lo había capturado por completo: una imperceptible vulnerabilidad.

Pero se había equivocado. Clarissa D'Agostino era tan vulnerable como un iceberg de hielo.

Sin embargo, Ferruccio seguía recordando cómo, en ese momento, había sentido una intensa conexión con ella. Y ardía de humillación al recordar lo que había conseguido por dejarse llevar por su intuición, cuando ella le había mirado como si estuviera loco y le había aconsejado que se buscara a alguien más apropiado para… su clase.

Desde esa noche, Clarissa se lo había repetido docenas de veces. Lo había hecho de forma implícita cada vez que había rechazado las invitaciones que él no había dejado de enviarle. Su rechazo no había hecho más que incrementar la frustración y la rabia de él, que podía tener todo lo que quisiera, excepto a ella.

Pero, al fin, eso cambiaría, se dijo Ferruccio. De un modo u otro.

Le daría una buena lección. Muchas lecciones. Y disfrutaría con ello.

Ferruccio se apoyó en la barandilla y posó la mirada en el horizonte. El sol estaba empezando a descender sobre el inmenso azul del mar.

Además de las vistas espectaculares, desde aquella terraza podía verse la carretera ondulante por la que llegaría ella...

Sin embargo, algo nublaba su satisfacción. Ella no iba a verlo por voluntad propia. No corría a él deseando estar a su lado, como Ferruccio había soñado en incontables ocasiones.

¿Qué habría pasado si ella hubiera corrido hacia él con los ojos llenos de pasión? Ferruccio apretó los labios y apartó la vista de la carretera.

Debía aceptar la realidad, se dijo él. Ella le había dejado muy claro cuáles eran sus sentimientos aquella primera noche y se los había confirmado a lo largo de seis interminables años.

Pero sólo una cosa importaba en el presente: que ella no tenía elección. No podía rechazarlo de nuevo. Y él pretendía saborear cada segundo de su rendición.

Ferruccio se miró el reloj. Faltaban diez minutos.

Era hora de darle los últimos retoques a su plan.

–Hasta ese momento.

Aquellas palabras, pronunciadas por un hombre tan peligroso como Ferruccio en su primera conversación, no habían abandonado nunca a Clarissa.

No había podido olvidarlas durante seis años.

Hacía veinticuatro horas, Clarissa había descubierto que había llegado ese momento.

Ferruccio Selvaggio la tenía acorralada.

Ella exhaló y miró a través de las gafas de sol el paisaje que recorrían en la limusina.

El sol estaba descendiendo y, pronto, el mar se teñiría de cientos de tonos de color, hasta quedar azul oscuro.

Pero ella miraba el paisaje sin verlo. Sus pensamientos estaban centrados en su interior, donde todo era gris, caótico.

Debía calmarse. Respirar.

Despacio, respiró el aire fresco que entraba por la ventanilla.

Sin embargo, Clarissa no consiguió recuperar la calma. La había perdido el día anterior, cuando su padre había interrumpido su primera visita oficial a Estados Unidos para darle la noticia. Una noticia que la había impactado más que nada en su vida.

Clarissa no había creído que su padre estuviera tan desesperado por encontrar un príncipe heredero.

La corona de Castaldini no se pasaba de padre a hijo, sino que la sucesión dependía de los méritos del candidato. Con la aprobación del consejo real, el rey debía elegir a su heredero dentro de la familia D'Agostino. Debía ser un hombre de reputación impecable, salud de hierro, sin vicios, de sólido linaje, un líder con carisma y carácter y, sobre todo, alguien que hubiera forjado su propio éxito en el mundo.

Cuando el rey había anunciado su primer candidato, a Clarissa no le había sorprendido. Leandro, el príncipe que su padre había exiliado del reino hacía siete años, dejándolo sin su título y su nacionalidad. Ella había creído que Leandro era el mejor candidato para la corona. Y que había sido hora de olvidar las viejas rencillas y pensar en lo mejor para Castaldini.

Pero, cuando se lo habían ofrecido, Leandro había hecho algo inesperado: había declinado la oferta.

A continuación, el rey había elegido a otro candidato aún más difícil: su hijo mayor, Mario. Y, marcando un hito sin precedentes en la historia de Castaldini, había conseguido que el consejo aceptara una enmienda a la ley que no permitía heredar la corona al hijo del rey.

Clarissa había estado emocionada ante la perspectiva. Ella siempre había pensado que las leyes de sucesión eran injustas y que, aunque podían proteger al reino de herederos inapropiados, en el caso de Mario estaban impidiendo que subiera al trono quien mejor podía reinar.

Cuando Mario había llegado a Castaldini con su prometida, Clarissa había esperado que su padre y su hermano pudieran, al fin, resolver sus diferencias. Todo había apuntado a que habría un final feliz para su familia y para Castaldini.

El rey y su hijo habían hecho las paces, pero para sorpresa de todos, Mario también había rechazado la corona.

Clarissa había intentado hablar con él, pero Mario había estado demasiado ocupado preparando su boda y, a continuación, había desaparecido con su esposa en la luna de miel.

Entonces, Clarissa se había ido de viaje a Estados Unidos. Su padre le había dicho que iba a proponerle subir al trono a un tercer candidato, al que consideraba mejor preparado de todos, a pesar de que para ello debía superar un gran obstáculo.

Ella no había podido ni imaginar quién podía ser más adecuado que Leandro o Mario.

En pleno viaje en Estados Unidos, su padre, el rey, la había llamado, dándole la noticia más sorprendente de todas.

El rey había conseguido que el consejo hiciera una enmienda aún mayor a la ley de sucesión para poder ofrecerle el trono a otro hombre.

A Ferruccio Selvaggio.

Ella se había quedado conmocionada al escucharlo, poseída por la confusión.

Por lo que había oído sobre Ferruccio, era un hombre sin pasado. Lo único que se sabía de sus orígenes era que había sido dado en adopción en Nápoles, su ciudad natal.

Pero no había sido adoptado nunca. A los seis años, lo habían enviado a un orfanato, el primero de muchos, hasta que se había escapado del último con trece años. Él había elegido vivir una vida difícil en las calles, con tal de no volver allí. Durante dos décadas, el niño había sido autodidacta y había trabajado con esfuerzo para llegar a lo más alto del mundo de los negocios.

Cuando su posición social y financiera había sido sólida, Ferruccio había ido a Castaldini y, desde entonces, había sido un asiduo de la corte de su padre. Y una constante en los sueños y las pesadillas de Clarissa. Y, para colmo, sus operaciones financieras abarcaban un cuarto del producto nacional bruto del país.

Cuando Clarissa le había dicho a su padre que eso no era razón suficiente para hacerlo rey ni para romper las centenarias leyes de sucesión de Castaldini, pues Ferruccio no pertenecía a la familia D'Agostino, su padre le había puesto al día de lo más sorprendente de todo.

Ferruccio era un D'Agostino.

El rey lo había averiguado antes de que Ferruccio visitara Castaldini por primera vez. Se lo había contado a muy poca gente, pues era un tema delicado.

Después de su infarto, el rey Benedetto había informado al consejo de lo que sabía. El consejo había alegado que era hijo ilegítimo y que su sucesión transgrediría las leyes antiguas. No podían aceptar que un bastardo subiera al trono. Pero el rey había puesto todo su empeño en defenderlo.

Ferruccio tenía todo lo que debía tener un rey, había dicho el rey. Incluso, según Benedetto, era más adecuado que los dos primeros candidatos. Era un hombre que se había hecho a sí mismo, que había triunfado contra todo pronóstico. Era un líder por naturaleza, con dotes para la economía y para los negocios. Al final, el consejo había sucumbido a los argumentos del rey.

Al contrario que Mario y Leandro, Ferruccio se había mostrado, desde el principio, de acuerdo en considerar la oferta. Pero quería poner sus condiciones.

Para empezar, sólo negociaría con uno de los miembros del consejo. Clarissa.

Sumida en sus pensamientos, Clarissa cerró los ojos, llena de rabia.

¡Cómo se atrevía! ¡Tipejo arrogante!

Castaldini le estaba ofreciendo el inmenso honor y privilegio de ser su futuro rey… ¿y él quería poner sus condiciones? ¿Qué más quería? ¿Un contrato que pusiera toda la isla a su nombre, como una más de sus posesiones?

No haría falta, se dijo Clarissa. Hacía tiempo, ella

había descubierto que gran parte del suelo de Castaldini pertenecía a Ferrruccio. Para ser exactos, la mitad de la isla.

¿Y por qué quería negociar con ella? Era el miembro del consejo más reciente y más inexperto.

Pero ella sabía por qué.

Sin duda, Ferruccio quería demostrar su poder, vengarse de toda la familia D'Agostino y, tal vez, de todo el país. Y someterla a ella en particular, tal vez la única mujer que no había caído a sus pies hasta el momento, reflexionó Clarissa.

Bueno, sí había caído a sus pies, reconoció ella para sus adentros, pero él no lo sabía. Ella no había dejado que lo supiera y se alegraba. Odiaba pensar qué habría pasado si, aquella primera noche, no hubiera adivinado sus verdaderas intenciones y hubiera sucumbido a los encantos de él y a los deseos de su propio corazón.

Ferruccio tenía reputación de ser un hombre cruel que pensaba que todo el mundo, y las mujeres en especial, debía arrodillarse ante él, seguir sus órdenes y satisfacer todos sus apetitos. Durante todos aquellos años, él no había dejado de salir con mujeres hermosas, una detrás de otra.

Por otra parte, Ferruccio no había aceptado la negativa de Clarissa. Más bien al contrario, parecía haber despertado su instinto de conquistador, pues había continuado insistiendo a lo largo de seis años.

La había invitado a comer en Milán, en Mónaco o en Madrid, a pasar el fin de semana en Hong Kong, en Tokio o en Río de Janeiro.

Y ella se había negado todas las veces, con una excusa y otra, esforzándose por mantener la formalidad, pues él era un hombre demasiado importante en Castaldini.

Pero la primera noche que se habían visto, Ferruccio le había augurado que llegaría el día en que ella no tendría más remedio que someterse a él.

Y el momento había llegado.

Clarissa se preguntó cómo habría convencido Ferruccio a su padre. Debía de haber justificado esa condición de alguna manera, si no su padre no habría aceptado.

Así que, al fin, Ferruccio iba a tenerla en sus manos, se dijo Clarissa. Sin duda, ése debía de ser su objetivo, pues ya no necesitaba casarse con ella para ganar un título real, había conseguido que el consejo reconociera la legitimidad de su origen como miembro de la familia real de los D'Agostino.

La furia de Clarissa iba creciendo por momentos. Había empezado a echar humo desde el momento en que Ferruccio había enviado a sus hombres a buscarla. Refunfuñando entre dientes, ella se había dejado escoltar a su jet privado, que la había trasportado en un instante a la otra punta de la isla.

Y allí estaba. Acercándose a los primeros signos de construcciones humanas que veía en el paisaje en los últimos veinte minutos, desde que el jet había aterrizado en el aeropuerto privado.

No había vallas en ninguna parte. La limusina pasó a través de una puerta hecha sólo por un espacio abierto entre una línea de cipreses.

Clarissa se dio cuenta de que la finca debía de tener cientos de acres y que la mansión debía de ocupar casi tres mil metros cuadrados. Se extendía en diferentes niveles, rodeada por jardines y árboles frutales. A un lado, había una playa dorada. Al otro, las montañas.

Ella se sintió como si estuviera entrando en un paraíso privado, mientras el aroma de los naranjos y los limoneros la envolvía.

El coche se detuvo donde empezaba un camino de piedra y Clarissa se bajó, sin esperar a que el chófer le abriera la puerta.

El chófer se apresuró a guiarla por el camino, flanqueado por palmeras y hermosas flores mediterráneas, hasta la entrada de la mansión. Clarissa admiró su fachada gótica de piedra. Parecía haber sido construida hacía siglos y haber sido transportada hasta allí. Todas las ventanas y puertas se abrían en arcos de medio punto.

El chófer le abrió una enorme puerta de roble. Entró y el hombre cerró la puerta tras ella, dejándola sola.

Hasta el momento, Clarissa no había visto ni un alma más en aquel lugar, a excepción del chófer. Apretó los labios y esperó que Ferruccio apareciera, con el corazón latiéndole a toda velocidad. Nunca había estado a solas con él. La noche que habían estado juntos en la terraza, una multitud había estado a pocos metros en el salón. Allí, en sus dominios, se sentía aislada del mundo. Y estaba segura de que eso quería él, reflexionó, invadida por el resentimiento.

Y lo peor era que no podía demostrar su antipatía, se dijo ella. Más que nunca, debía guiarse por las normas de la más estricta diplomacia. Debía olvidarse de cualquier sentimiento personal y cumplir su trabajo como enviada del consejo.

Sin embargo, con cada segundo de espera, cada vez le parecía más imposible cumplir con su misión.

Clarissa agudizó el oído, pero no escuchó nada. Sólo, a lo lejos, el sonido de las olas y la tranquilidad del jardín.

Ni rastro de Ferruccio. Sin duda, quería hacerla esperar, pensó ella y exhaló. Iría a dar un paseo por allí, ¿por qué no?

Clarissa caminó hasta el final del patio y bajó cinco escalones de piedra. Conducían a unos salones con decoración románica, con paredes de piedra y lujosas mesas bajas y exquisitos sofás.

Luego, entró en un impresionante comedor con una mesa redonda de bronce. Parecía un salón medieval, con antorchas en la pared y grandes cojines blancos para sentarse. El suelo de azulejos sicilianos trazaba selectos diseños. Había enormes chimeneas de piedra, aunque también había sutiles muestras de que el edificio tenía un sistema de calefacción eléctrico de última tecnología.

Pero lo que más admiró a Clarissa fueron los óleos que encontró en las paredes y los frescos de los techos. Los murales mostraban paisajes que producían un increíble efecto tridimensional, tanta era su profundidad y su realismo. Parecían, más bien, portales a otras realidades.

Ferruccio debía de haber gastado incontables millones en adquirir esa parte de la isla, equiparla con un aeropuerto privado y carreteras en perfecto estado y en construir ese edificio increíble. Sin contar con el mantenimiento de todo ello a lo largo del año para que él, quizá, fuera a visitarlo unos días cada temporada nada más.

A Clarissa le pareció obvio por qué la había citado allí y por qué se estaba tomando su tiempo en aparecer. Sin duda, quería alardear de su poder y su riqueza y darle tiempo para que ella admirara cada detalle.

Pues había elegido a la mujer equivocada, se dijo Clarissa.

Ella había vivido en un palacio y asociaba el lujo y la grandeza que la habían rodeado con la ansiedad y la desesperación que había sufrido en su turbulenta infancia. Lo cierto era que se había sentido aliviada, además, cuando la opulencia de la corte había disminuido y su padre apenas se ocupaba de mantener en buen estado el palacio. Ella no era la clase de mujer que babeaba ante la pretenciosa extravagancia.

Sin embargo, Clarissa tuvo que reconocer a regañadientes que no había nada de pretencioso ni extravagante en aquella mansión. Era una obra de arte de arquitectura, con gran cuidado de los detalles y un diseño lleno de buen gusto y sencillez. El lugar cumplía todas las cualidades de un retiro ideal para disfrutar y descansar, tanto el cuerpo como la mente.

De pronto, Clarissa sintió que su cuerpo se ponía alerta, como atraída por un imán irresistible a su espalda. Se giró.

Allí estaba él. El hombre que había ocupado sus pensamientos desde la primera noche que lo había visto.

Ferruccio estaba parado ante la barandilla de una galería que se alzaba sobre el patio por donde ella había pasado. La miraba como una deidad romana miraría a un pobre mortal.

Clarissa pensó que él iba a quedarse allí hasta que le rogara que bajara. Pero, sin decir una palabra y sin dejar de mirarla, Ferruccio comenzó a bajar las escaleras. Descendió sin hacer ruido, despacio, con la majestuosidad de un león.

Luego, comenzó a caminar hacia Clarissa, haciendo que a ella le temblaran hasta los huesos.

¿Cómo era posible que cada vez se sintiera más atraída por él?, se preguntó Clarissa. Cada vez que lo veía lo encontraba más viril, más vigoroso, más maravilloso. Siempre lo había visto con ropa formal, que le quedaba a la perfección, pero con los vaqueros y la camisa ligeramente desabrochada que llevaba en ese momento, estaba... impresionante.

Clarissa lo miró a los ojos, rezando porque él no notara lo agitado de sus pensamientos.

Ferruccio se detuvo a unos centímetros de ella y la atravesó con la mirada. A continuación, esbozó la primera sonrisa que le había dedicado nunca.

–*Principessa* Clarissa –murmuró él con voz grave y baja–. Es un placer comprobar que tu... situación al fin te ha permitido... reunirte conmigo.

Capítulo Dos

Él se acordaba, pensó Clarissa. Recordaba lo que ella le había dicho aquella primera noche.

Claro que se acordaba. Y se lo estaba echando en cara.

Ella estaba segura de que su orgullo herido había sido lo que le había impulsado a hacerle tantas invitaciones a lo largo de los años, con la intención de vencer su resistencia y poder vengarse de lo que él debía de haber considerado un insulto colosal.

Debió haberlo sabido, se dijo Clarissa. Los hombres como él siempre conseguían lo que querían.

A pesar de todo, ella no podía hacer nada. Debía mantener una actitud impecable. Debía responder algo que los desviara de sus hostilidades personales.

–¿Qué puedo decir? Lamentablemente, la vida... da muchas vueltas. Y espirales hacia abajo.

¿Qué estaba diciendo?, se reprendió Clarissa para sus adentros. ¿Y por qué había empleado ese tono despectivo y condescendiente? Él lo tomaría como una provocación. Y tendría razón. Lo era.

Los ojos de Ferruccio parecieron calentarse. Sonrió un poco más.

–Así es. Pero a mí no me parece lamentable. Me gustan mucho las montañas rusas.

Debía mantener la boca cerrada, dirigir la conversación a temas menos espinosos, pensó Clarissa. Debía darle la razón, seguirle la corriente, dejarle ganar y tragarse su orgullo. Entonces, abrió la boca y se sintió como si hablara contra su voluntad.

–Seguro que sí. Para ti, la vida ha tomado una espiral hacia arriba. Pero cuanto más sube uno, más dura será la caída.

–No tengo pensado caer. ¿Te imaginas lo terrible que sería caer de tan gran altura?

Cielos, él le estaba dando pie a contestarlo y ella no pudo contenerse.

–Claro que me lo imagino.

Ferruccio esbozó un gesto burlón, envolviéndola con su seductora sonrisa.

–Seguro que lo has estado pensando. Parece que has disfrutado imaginando algo así.

Clarissa se rindió. No podía controlar sus respuestas ni disimular su antipatía.

–Si pasara algo así, disfrutaría más que nunca. O, como tú dices... sería un placer –le espetó ella con desprecio.

Hubo un silencio. Ferruccio la miró, probablemente pensando que nadie se había atrevido a hablarle así, se dijo ella.

Entonces, de pronto, él echó la cabeza hacia atrás y comenzó a reír.

Ella se quedó mirándolo atónita.

Nunca lo había visto reír. No había creído que él fuera capaz de algo tan humano.

La visión y el sonido de su risa tan masculina hicieron que algo se calentara dentro de ella. Una mezcla de fascinación y rabia.

Él la estaba obligando a demostrar su antagonismo, lo que podía ser catastrófico, pensó Clarissa. Ferruccio tendría buenas razones para quejarse de ella ante su padre y ante el consejo y pedir que la despidieran de su puesto como diplomática.

Pero a Clarissa no le importaba. Él había ganado. De acuerdo. Después de seis años ardiendo por él, había llegado el momento de explotar.

–¿No te da remordimientos que te cause placer pensar en mi caída? Ahora que sabes que soy miembro de tu familia... –dijo él al fin, tras reír a gusto.

–No me lo recuerdes.

Ferruccio dejó escapar otra carcajada.

–Sí. Siempre supe que detrás de tu máscara de impasibilidad eras toda una leona. Me preguntaba qué podía hacer para obligarte a sacar las garras y los dientes.

Clarissa hizo una mueca, disgustada por la facilidad con que él manejaba los hilos.

–Felicidades. Has conseguido averiguarlo. Espero que disfrutes de tu éxito.

–Nunca había disfrutado tanto. Nunca.

–Has dicho nunca dos veces. No seas redundante.

–Qué prima tan mala eres.

–Soy una prima muy lejana.

–Sí. En todos los sentidos –repuso él, poniéndose serio–. Pero ahora no eres tan distante, al menos, en cierto sentido –añadió y dio un paso hacia ella.

Clarissa dio dos pasos atrás, tambaleándose. Ferruccio bajó la mirada un momento, como si estuviera decidiendo si volver a acercarse, y la miró a los ojos, dejándola sin aliento.

–¿Has visto lo fácil que era? –preguntó él con voz suave e irresistible.

–¿El qué? ¿Dejar que me trajeran aquí en uno de

tus aviones como si fuera un paquete? ¿Como un paquete que te dejan en la puerta y que no te molestas en recoger hasta que te apetece levantarte de la cama, para acercarte luego a él con reticencia? Sí, claro, yo no he tenido que hacer ningún esfuerzo.

–¿Crees que me he acercado a ti con... reticencia? Por si no lo sabes, he ofendido a todos los miembros del consejo al solicitar reunirme contigo, el miembro más reciente.

–¿Eso que tiene que ver con la bienvenida que no me has dado? A la única que has ofendido es a mí. Los demás deben pensar que me has elegido a mí porque soy el único miembro del consejo que es joven, mujer e hija del rey.

Ferruccio dio un respingo.

–Tendré que investigar si esos atributos que mencionas merecen que te eligiera a ti –replicó él y, antes de que ella tuviera oportunidad de darle una bofetada, añadió–: Pero si alguien cree eso, es que tiene un problema mental.

–Pensarán algo peor, que estás aprovechándote de la situación para tus propósitos personales conmigo como mujer, lo que devaluará mi posición dentro el consejo todavía más.

Antes de que ella pudiera terminar la frase, Ferruccio le recorrió el cuerpo con la mirada, haciendo que le ardieran las entrañas. Sus ojos estaban radiantes de deseo, como aquella primera noche...

–Tu... posición está a salvo, te lo aseguro –afirmó él–. Deberías saber que, al margen de lo que te hayan enseñado en las caras escuelas de negocios a las que has asistido, el factor personal es lo que acaba rompiendo o forjando tratos. Si el consejo cree que te he elegido porque eres mujer, les parecerá natural, incluso lógico. Después de todo, ¿qué clase de hombre de negocios no intentaría sacar el máximo provecho de sus oportunidades?

–Debí haberlo esperado. Ni siquiera te molestas en negarlo.

Ferruccio le lanzó una mirada enigmática.

–No lo admito, tampoco. Lo dejo abierto a tu interpretación. Y hay algo más: te he elegido a ti porque quiero hablar con alguien de mi generación, en vez de con hombres de la edad de mi padre o mi abuelo ausentes.

A Clarissa se le contrajo el pecho. Sintió el aguijón de la compasión, algo que siempre le impedía odiar a Ferruccio por completo. Le enternecía pensar que él hubiera crecido sin padres.

Cuántas veces lo había imaginado de niño, desesperado por tener un entorno seguro y cariñoso, por tener la figura protectora de un padre, sabiendo que nunca lo tendría. En muchas ocasiones, Clarissa se había despertado con lágrimas en los ojos, imaginando el miedo y la soledad que él debía de haber sentido antes de armarse con un impenetrable escudo de impasibilidad. A ella siempre le había resultado muy difícil separar la empatía que sentía por el niño atormentado que él había sido de la antipatía que sentía por el hombre en quien se había convertido.

Ferruccio apretó los labios, cansado de esperar a que ella respondiera.

–Y hay otra razón más –añadió él–. Eres el miembro del consejo con quien me resulta más fácil reunirme... en todos los sentidos.

–Eso puedo creerlo –repuso ella, agradecida por retomar la conversación y dejar de lado sus pensamientos compasivos–. Teniendo en cuenta las alternativas…

Ferruccio arqueó las cejas anonadado.

–¿Crees que sólo te he elegido a ti porque el resto de los miembros del consejo son feos vejestorios?

Ella se mordió la lengua para no decirle que estaba segura de eso… No le cabía duda de que, si hubiera otras mujeres más glamurosas en el consejo, ella habría sido la última opción.

Era patético, pero Clarissa ya lo había comprobado en una ocasión. Aquella primera noche, le había pedido a Luci su versión de lo que había sucedido. Y su amiga no había hecho más que confirmar sus peores sospechas.

Ferruccio se había acercado a ellas con tono zalamero y había mostrado su interés tanto en Luci como en Stella. Al mismo tiempo. Luci se había preguntado si sería capaz de compartir un hombre, y encima con Stella, aunque fuera un hombre tan imponente. Y Stella también había considerado la posibilidad. Pero él no se había quedado a esperar su respuesta y se había apartado de ellas de pronto, sin mirar atrás.

A lo largo de los años, Clarissa había observado que Ferruccio no había vuelto a acercarse en privado a ninguna de las dos mujeres, ni había vuelto a proponerles nada. Eso había confirmado su creencia de que era la clase de hombre que disfrutaba conquistando a las mujeres de palabra, sin necesidad de llegar a hacer nada que pudiera complicarle la vida después.

A sus ojos, su único atractivo había sido ser la hija del rey y, después, ser la única mujer que le había dicho que no, pensó Clarissa. Y si creía percibir algo más en su mirada, un fuego lleno de promesas de lo que haría con ella si pudiera, era porque se estaba dejando llevar por sus propias fantasías, se dijo.

–¿No tienes nada que decir, *principessa*? Hmm, creo que sé por qué –señaló él y posó la mirada en los labios de ella.

Clarissa sintió que le ardían los labios bajo sus ojos, deseó que se los besara, que la devorara...

–Debe de ser porque estás hambrienta –continuó él–. Ven. Deja que te dé de comer para que recuperes tus fuerzas y podamos seguir peleándonos.

Clarissa se dejó guiar sin decir palabra.

Minutos después llegaron a una gran terraza con vistas a un impresionante paisaje. En el centro, tenía un estanque gigante de piedra, rodeado por un suelo de mosaicos que conducía, en la parte derecha, a un bosque de olivos que se perdía en el valle. A la izquierda, podían verse las dunas doradas de la playa, hacia las aguas color esmeralda y aguamarina.

Clarissa se detuvo, paralizada por la magnificencia del lugar.

Ella se había criado en esa isla, pero nunca había conocido lugares tan vírgenes como aquél. La combinación entre la naturaleza y el impecable diseño humano quitaba la respiración. Pero era la sensación de aislamiento lo que le daba un toque de otro mundo. Ella jamás había estado en un sitio tan desierto. Se sentía como si fueran el único hombre y la única mujer sobre la tierra.

Apartando los ojos del paisaje, Clarissa se giró hacia Ferruccio y parpadeó. Lo encontró mirándola con ojos llenos de emoción. Una emoción tan intensa que la sobrecogió.

Ferruccio alargó la mano, como si quisiera tocarle la cara. En el último momento, sin embargo, le tomó un mechón del cabello y se lo colocó con cuidado detrás de la oreja.

–¿Te gusta?

Ella tragó saliva, con el corazón latiéndole a toda velocidad.

–¿Cómo no va a gustarme?

Entonces, él le dio la mano.

Clarissa se sintió recorrida por una corriente eléctrica mientras intentaba seguir su paso. Ferruccio la llevó al otro lado del estanque y la condujo por un camino a la playa. De golpe, se detuvo.

Ella estuvo a punto de caerse de espaldas cuando lo vio arrodillarse. Ferruccio le levantó un pie con suma delicadeza y le desabrochó la hebilla de la sandalia. Cuando la descalzó, ella no pudo contener un grito sofocado. Él la miró y se acercó su pie a la boca, entreabriendo los labios con sensualidad.

Iba a... a... No podía dejar que...

Entonces, Clarissa perdió el equilibro y le obligó a que le soltara el pie, agarrándose a los hombros de él para no caérsele encima. Una tensión llena de sensualidad vibró entre ambos antes de que él repitiera el mismo ritual con el otro pie.

Cuando Clarissa estaba a punto de desmayarse, él se incorporó, se quitó sus zapatillas de deporte, las dejó junto a las sandalias de ella y le tendió su brazo.

Ella dio un par de pasos y se detuvo en seco. Notar la arena cálida y suave bajo los pies no hacía más que propulsar su tumulto sensorial.

–¿Has pisado algo? ¿Estás bien? –preguntó él, solícito.

Antes de que ella pudiera responder, Ferruccio se agachó de nuevo y le inspeccionó un pie y, luego, el otro, para comprobar que no se hubiera pinchado con nada.

Algo se derrumbó dentro de Clarissa al ver a aquel hombre concentrado examinándole los pies.

Era la primera vez que él la tocaba. Ni siquiera se habían estrechado las manos. Sentir su contacto, su aroma invadiéndola... era demasiado peligroso, se dijo ella.

Entonces, Ferruccio la levantó en sus brazos.

–Déjame... Estoy bien –dijo ella, conmocionada.

–¿Y por qué te has parado de golpe? ¿Por qué pareces tan... preocupada?

–Sólo estoy... sorprendida. Nunca había sentido nada así –confesó ella.

–¿Nunca habías pisado la arena descalza? –preguntó él, sin dar crédito.

–Yo... no.

–Has vivido casi toda la vida en una isla mediterránea famosa por sus playas. Es imposible que nunca hayas caminado descalza en la arena. ¿Nunca has nadado en el mar?

–Yo... no. El mar no ha sido parte de mi vida.

–¿Cómo es posible? Ir a la playa es parte de la vida de casi todos los niños, sobre todo en los países con mar.

Clarissa se sintió cada vez más incómoda. Quería que aquella conversación, y todo lo que podía revelar sobre ella, se terminaran cuanto antes.

–Yo no soy como todos.

–¿Porque perteneces a la realeza? Eso no tiene sentido. Mario y Paolo me han contado que pasaron gran parte de su infancia bañándose en el mar y jugando en la arena. Podías haber tenido una playa privada para ti sola, si hubieras querido.

–Yo... m-me quemo con facilidad. Me pasé casi toda la infancia dentro de palacio. Hoy en día también paso casi todo el tiempo dentro.

Ferruccio la acarició con la mirada, haciéndola estremecer.

–Tu piel es la más suave y delicada que he visto. Y he tocado –comentó él–. Pero no es de la clase de piel que suele quemarse. La verdad es que creo que te quedaría muy bien el bronceado.

–Creo que me quemé mucho en una ocasión, cuando era pequeña. Además, mi madre era sobreprotectora, por eso me pasaba todo el tiempo dentro.

Él la miró con incredulidad.

–¿Y tú lo aceptaste? ¿No te rebelaste para buscar la libertad de la playa y el mar? No encaja con la imagen que tengo de ti.

–Eh... tú no sabes cómo es la vida de una princesa.

–¿Crees que no puedo comprender las limitaciones y las obligaciones que formaban parte de tu estatus real? –preguntó él–. Pues no, no puedo. Sólo puedo imaginarlas a grandes rasgos. No pensé que nadar en el mar y tomar el sol le estuviera prohibido a una princesa, pero puedo haberme equivocado. Tú eres la única que lo sabe.

Clarissa se emocionó porque él lo comprendiera. Y sintió algo que no había creído posible sentir por él: agradecimiento.

–Sea como sea, nunca me fascinó demasiado el mar –afirmó ella, asintiendo.

–Y ahora estás fascinada.

Ferruccio tenía razón. Clarissa nunca había sentido tanta emoción al tener delante lo que siempre había estado allí: el mar. Con unas pocas palabras llenas de comprensión, él había conseguido mostrarle lo mucho que se había perdido. Además, al estar tan cerca de él, al sentir su contacto bajo las rodillas y tener la mano apoyada en su corazón... Cielos, se dijo ella. ¡Seguía llevándola en brazos!

Clarissa empezó a retorcerse, para que la soltara y él le hizo callar de pronto.

–Mira –susurró Ferruccio.

Ella volvió la cabeza hacia donde él miraba. Contuvo el aliento mientras el sol se ocultaba como una bola de fuego en el azul.

Tras un instante interminable en el que ambos disfrutaron de la belleza de la puesta de sol, ella en sus brazos, al fin Clarissa pidió que la bajara.

–¿Estás segura de que no te molesta caminar descalza en la arena?

–No. Me encanta.

Despacio, Ferruccio la depositó en el suelo, observándola con atención, como si quisiera grabarse en la mente cada uno de sus gestos.

Clarissa gimió de placer al sentir la arena de nuevo. Saltó, rió, corrió.

Escuchó cómo él la seguía, riendo. Nunca había imaginado que pudiera estar corriendo por la playa, seguida por Ferruccio Selvaggio. Era una sensación maravillosa ¿Por qué no disfrutar de ella y dejarse llevar?

Al subir a otra duna, Clarissa vio una mesa para dos preparada bajo una carpa. Tenía un mantel color lila, cubiertos de plata y vasos de cristal. En una mesita adyacente, los esperaba un apetitoso bufé.

Ella corrió hacia allá y, al llegar, se giró y observó a Ferruccio mientras se acercaba, con el corazón acelerado, jadeante.

–Corres como una leona –dijo él, riendo divertido al llegar a su lado–. Me has ganado. Apuesto a que estás hambrienta después de tanto ejercicio.

Lo cierto era que Clarissa se moría de hambre. Sólo había tomado una taza de té en todo el día.

Así que se sentaron a la mesa. Comieron e intercambiaron anécdotas sobre sus vidas y opiniones sobre casi todo, rieron, bromearon... Y Clarissa se sintió envuelta en un mundo de fantasía.

Era como si no hubieran pasado los años y aquella reunión fuera la continuación natural de un instante encantado, el primer momento en que los ojos de ambos se habían cruzado. Era, al mismo tiempo, como un encantamiento y algo muy real, reflexionó Clarissa. El hombre que tenía delante se estaba mostrando tal cual era, pensó ella, dejándole ver facetas desconocidas de sí mismo y conquistándola con su ingenio y su buen humor.

La puesta de sol dio paso al anochecer más hermoso que Clarissa había contemplado jamás. Un abanico de azules y nubes pintaba el firmamento. Poco a poco, la claridad desapareció y los envolvió la noche sin luna, llena de estrellas. Ella estaba hechizada por aquel escenario, pero aún más por su acompañante.

Ferruccio le sirvió un poco de melón, cultivado

en sus tierras, igual que las naranjas, las aceitunas y las uvas. Hablaron sobre sus cultivos y, luego, Clarissa comentó algo sobre la última adquisición empresarial de su anfitrión. Él se recostó en la silla y sonrió.

–Siempre dejo que mis oponentes se resistan hasta que acaban exhaustos, mientras les demuestro lo dulce que sería la rendición. Entonces, cuando considero que ya han tenido bastante, entro en acción y, llegados a ese punto, están deseando que yo tome el mando.

Clarissa no pudo respirar. Las palabras de él describían a la perfección lo que había estado haciendo con ella, se dijo.

Cielos, qué tonta había sido, se reprendió a sí misma. Debió haberlo sospechado. Todo había sido demasiado bonito para ser verdad.

Él la había mimado y había fingido comprenderla, para tenerla en sus manos. Le había hecho olvidar quién era y la razón por la que estaba allí. No sólo había transformado su antipatía en aceptación y deseo, sino que había silenciado su lógica y su razón.

Debía salir de su hechizo, se dijo ella desilusionada. No podía jugar según las reglas de él. Era demasiado peligroso.

–Es interesante cómo consigues que tus conquistas se sometan a tu voluntad. Gracias por compartirlo conmigo. Sobre todo, porque me das pie a pasar directamente al tema que nos ocupa. Ahora que has conseguido lo que llevas tantos años persiguiendo, que cenemos juntos, espero que estés satisfecho y que podamos hablar por fin de algo importante.

Los ojos de Ferruccio perdieron todo su calor.

–Así que... adelante. Negociemos. Estoy deseando escuchar tus condiciones. Será... divertido.

Ferruccio casi se encogió. Se sintió como si ella le hubiera dado una patada en el estómago.

Tras unos instantes de shock, la rabia se apoderó de él.

¿Cómo había podido dejar que eso sucediera?, se dijo a sí mismo. Había intentado mimarla, engatusarla y, al final, había sido él quien se había dejado engatusar.

Durante las últimas horas, Ferruccio había olvidado sus intenciones de venganza. Se había dejado seducir por su fingida vulnerabilidad, por su ingenio, su calor y su pasión.

Pero no habían sido más que máscaras.

¿Cómo podía haber estado tan ciego?

Ella se había burlado de todas sus invitaciones a cenar, que había rechazado porque, claramente, no consideraba importantes. Y le había hecho saber que esa velada era su manera de complacerlo, porque las circunstancias la obligaban a ello.

El tono sarcástico de ella había despertado la fiera que Ferruccio llevaba dentro.

Clarissa no había estado disfrutando, todo había sido fingido. Ella le había dejado claro que, pasara lo que pasara, no conseguiría de ella más que la condescendencia que merecía, pensó él. Era obvio que a ella le daba igual que fuera un D'Agostino. A sus ojos, seguía siendo un bastardo.

Pues no sabía con quién estaba tratando, pensó

Ferruccio. Él estaba acostumbrado a conseguir lo que quería, por difícil que fuera.

Era hora de hacerlo de nuevo.

Y de hacer que ella lamentara su esnobismo.

–¿Quieres negociar, *principessa*? –preguntó él y esbozó una sonrisa heladora–. Claro que sí. Ya que tienes tantas ganas de escuchar mis condiciones, aquí están. Más bien, aquí está. Sólo pongo una para aceptar el trono: que tú estés incluida en el paquete.

Capítulo Tres

–Estás loco.

Ferruccio se recostó en el asiento, saboreando la indignación de Clarissa.

–¿Tú crees? Vaya, todo el mundo de las finanzas piensa lo contrario.

–Eso es porque eres tan inteligente que consigues ocultar tu locura. Pero es posible ser un genio financiero y un lunático al mismo tiempo.

Ferruccio fingió que le resbalaban sus comentarios, aunque le escocían más de lo que quería reconocer.

–Quizá. Pero ya conoces mi condición, Clarissa. Y creo que eso responde a tus preguntas sobre por qué te he elegido de entre todos los miembros del consejo.

Ella abrió la boca, pero no dijo nada.

Todo el deseo que Ferruccio había estado conteniendo a lo largo de los años estalló dentro de él en ese momento. Imaginó esa boca devorándolo, temblando, gritando su nombre presa del placer, mordisqueándolo, lamiéndolo…

Después de haberla tenido entre sus brazos, todas sus fantasías no habían hecho más que ganar intensidad, a pesar del desdén de la princesa.

Pulverizar su resistencia había dejado de ser una simple decisión nada más y se había convertido en una necesidad, pensó él.

–¿Crees que van a tener en cuenta tu insana exigencia? ¿Crees que estamos en la Edad Media?

Ferruccio alargó la mano y se sirvió un vaso de zumo de pomelo con tranquilidad.

–Este zumo se parece a ti. Por la riqueza de su sabor, por su dulce amargura.

–Ahórrame los falsos elogios.

–No te ahorraré nada –le espetó él y se regodeó observando cómo ella se sonrojaba de rabia–. ¿De verdad crees que pediría algo así si no estuviera seguro de que voy a conseguirlo? ¿Acaso no sabes que no muevo ficha hasta no estar por completo seguro de mi éxito?

Clarissa se mordió el labio para impedir que le siguiera temblando. Ferruccio la contempló complacido. Era una delicia verla así, con su compostura hecha añicos, presa de la rabia, el miedo y el deseo.

–Hay algo que, tal vez, tú ignores. Incluso los dioses de las finanzas se equivocan en sus cálculos antes o después –repuso ella, furiosa–. Yo no soy un objeto que Castaldini pueda darte como beneficio. Y te aseguro que no pienso ofrecerme como voluntaria como incentivo que endulce el trato.

¿Así que ella seguía presentando batalla?, se dijo Ferruccio. Tanto mejor, pensó. Después de todos los años que había estado esperando ese momento, prefería que su rendición fuera lenta y tortuosa. De esa manera, el placer de la victoria sería más intenso.

Y él iba a disfrutar mucho con ello.

–Deja que te aclare las cosas, *principessa.* Para que te enteres, yo no necesito la corona. La corona me necesita a mí. Desesperadamente. Por eso estás aquí y por eso no te queda más remedio que aceptar mis condiciones y satisfacer mis demandas –señaló él con total calma y seguridad–. Todas mis demandas.

Aquello no podía estar pasando, se dijo Clarissa. Era una locura.

Ferruccio la observaba con la misma frialdad con que la había mirado la segunda vez en la sala de baile, cuando se habían conocido.

–Ya dije que iba a ser entretenido escucharte. Y lo es –afirmó ella, fingiendo serenidad–. Crees que eres irremplazable, ¿no es así? Bueno, pues no. Sólo eres el tercero en la lista de candidatos.

Ferruccio le dio otro trago a su vaso y saboreó el zumo con lentitud.

–El tercero y último –puntualizó él.

–¿De veras te crees indispensable? No me extraña. Todos tus millones te han hecho creer que eres muy importante.

–Cuando no son heredados y han sido ganados de forma legal, son indicadores de un gran valor personal.

–¿Legales? –se burló Clarissa y, al ver la mirada fiera de él, se dio cuenta de que se había excedido. Pero no le importaba lo más mínimo. ¿Acaso él se preocupaba por lo que ella sentía?–. Que disfrutes de tu gran valor personal, señor Selvaggio. Encontraremos a otra persona, alguien que no se ande con jueguecitos cuando le ofrecen algo de tan incalculable valor como la corona de Castaldini.

–Buena suerte –dijo él con una sonrisa condescendiente.

–¿Qué quieres decir? –preguntó ella, petrificada–. Deja de hablar con jeroglíficos. Di lo que tengas que decir.

–No tengo nada más que decir –afirmó él y se encogió de hombros–. Tú lo sabes, aunque finjas que no.

–¿De qué estás hablando? ¿Qué se supone que sé?

Ferruccio la observó con gesto malicioso.

Entonces, él comenzó a reír. Sus carcajadas eran horribles, ásperas.

–*Dio santo, sei serio.* Lo dices en serio. No sabes nada. Esos viejos zorros no te lo han dicho. Eso lo explica todo. Por eso crees que puedes seguir siendo una impertinente conmigo. No te han advertido que no pueden permitirme que yo dé una negativa como respuesta. Qué malvados.

–No es cierto. No puede ser. Debe de haber alguien más que…

–No hay ningún hombre más de la familia D'Agostino que tenga el suficiente poder para poner a Castaldini a salvo de sus enemigos y para dominar sus conflictos internos. Pero yo tengo mi propio imperio del que ocuparme. Por otra parte, hasta tú puedes adivinar que no me siento en deuda ni con Castaldini ni con su pueblo. Así que no me vengas con que sería un privilegio subir al trono. Yo no necesito cargarme con esa responsabilidad. Y, si acepto hacerle ese favor a tu país, exijo un incentivo que endulce el trato, según tus palabras. Y tú eres ese incentivo.

Clarissa se quedó mirándolo. Su rostro mostraba serenidad, crueldad, total certeza… Y ella empezó a temblar.

–Si te niegas, puedes volver con tu papaíto y contarle al consejo que me he negado, dejar que elijan a alguien inadecuado y que Castaldini se vaya al infierno.

Tal vez, él estaba mintiendo, pensó Clarissa. Quizá fuera sólo una manera de acorralarla.

–Y cuando Castaldini esté en ruinas y se haya sido anexionado por uno de los países vecinos, deseosos de quedarse con sus riquezas, yo seguiré yendo tras de ti –prosiguió él–. Y te tendré. La corona se habrá perdido, pero tú serás mía al final, Clarissa.

Clarissa se quedó anonadada pero, enseguida, la indignación y la rabia tomaron las riendas.

–Tú eres quien debe irse al infierno, Ferruccio Selvaggio, o D'Agostino, o como te llames. Y llévate tus amenazas y tu crueldad contigo. Castaldini sobrevivirá sin tu intervención, y no voy a dejar que te acerques a mí…

Clarissa se atragantó con sus palabras al observar la tranquilidad con que él dejaba su vaso y se ponía en pie. Parecían los movimientos de un depredador listo para saltar sobre su víctima.

Entonces, Ferruccio se detuvo junto a ella, la tomó de la mano y la hizo levantarse.

–¿Qué estás ha-haciendo?

–Lo que debí haber hecho hace años.

Ferruccio la tomó entre sus brazos y la apretó contra su cuerpo. Deslizó una mano debajo de la nuca de ella y le hizo levantar la cabeza. Con la otra mano le sujetó de las nalgas, inmovilizándola. A continuación, la miró a los ojos, dejando que ella viera la fiera salvaje que estaba dejando en libertad. Y la bestia tenía hambre. De ella.

Con la mirada clavada en los atónitos ojos de su presa, Ferruccio inclinó la cabeza.

Clarissa esperó desintegrarse al sentir el contacto de su boca. En el último momento, dejándose guiar por su instinto de supervivencia, apartó los labios.

Los labios de él aterrizaron en su mejilla y en el borde de su boca. Clarissa se estremeció al sentirlos sobre su piel, al notar su respiración y su aroma lleno de virilidad.

Entonces, Ferruccio la apretó contra su cuerpo. Antes de que Clarissa pudiera digerir la sensación de su erección contra el vientre, él comenzó a acariciarle el pelo, la espalda y, poco a poco, deslizó la mano debajo de la chaqueta de ella.

Ella gimió mientras los dedos de él, ásperos y calientes, le recorrían la espalda, incendiándola por dentro. Cuando intentó apartarse para escapar, él la sujetó con más fuerza. Y continuó con su asalto.

Con la otra mano, le levantó la falda, le agarró de los glúteos y la levantó del suelo. Ella gritó cuando sintió la erección de él entre los muslos. Él le separó las piernas para tener mejor acceso y empezó a frotarse contra ella, abrasándola con su fuego. Clarissa pensó que iba a morir de agonía.

Ella gimió y se retorció de placer mientras él le chupaba el cuello, probablemente dejándole marcas.

De pronto, todo a su alrededor desapareció y Clarissa sólo podía sentirlo a él, sus manos, su boca. Había perdido su voluntad y estaba a su disposición, abierta a él, presa del deseo. El sonido de los gemidos de ambos los envolvía, con sus jadeos. Su temperatura estaba alcanzando niveles muy peligrosos. Él le había quitado la blusa y le estaba lamiendo los pezones, uno detrás del otro, a través del sujetador, haciéndole rozar el éxtasis.

Clarissa le recorrió el cuerpo con los dedos, dejándose llevar por la corriente de alto voltaje de su pasión. Su parte más íntima comenzó a latir, necesitando ser saciada. Entonces, ella gritó su nombre, suplicó. Él se estremeció y la besó en la boca con ansiedad, con profundidad.

Ella se deleitó saboreando su lengua, bebió de él y se dejó llevar por un mar de sensaciones mientras él la invadía con un frenesí de pasión.

Clarissa no quería... no quería que él parara nunca. Quería hacerlo todo con él, en ese momento.

Llevaba demasiado tiempo temiéndolo y, al mismo tiempo, soñando con él. En sus fantasías, él siempre le había tratado con exquisito cuidado y ternura. Pero nunca había soñado con aquello. Deseo en estado puro. A su lado, sus fantasías del pasado le parecieron insípidas. Debió haber sabido que él pulverizaría sus expectativas y la tomaría de un modo que ella nunca había imaginado.

De pronto, sin embargo, un pensamiento frío y desagradable se coló en su delirio.

Él la había hecho olvidar por qué estaba allí. Y lo enojada que estaba por estar siendo manipulada.

Pero su resistencia no tenía tanto que ver con el orgullo como con el miedo. Clarissa sabía cuál sería la consecuencia de rendirse a él. Repetiría el mismo patrón de sus padres.

Ella había crecido viendo lo desgraciada que podía ser una relación de amor no correspondido, de un matrimonio por conveniencia. Los sentimientos de su madre por su padre le habían hecho perder la cordura y la habían llevado al suicidio.

Al recordar la muerte de su madre, Clarissa encontró fuerzas para intentar apartarse de él.

Ferruccio se puso tenso y, al fin, la soltó.

Ella se separó, tambaleante, intentando recuperar el aliento. Estaba atrapada, pensó, sintiéndose como un animal cazado. Cerró los ojos para controlar sus deseos de lanzarse otra vez a los brazos de su cazador.

Cuando él la apretó de nuevo contra su cuerpo, ella no hizo nada para impedírselo. No pudo.

–No pensaba llegar tan lejos. Pero te toqué y tú me dejaste y... –le susurró él al oído.

Ella se apartó con determinación.

–Claro, es culpa mía porque te dejé.

Ferruccio se metió las manos en los bolsillos del pantalón y Clarissa posó los ojos en su tremenda erección. Hizo un esfuerzo sobrehumano para no ponerse a babear por él de nuevo.

–No digo que sea culpa tuya. Sólo digo que pensaba besarte, nada más, y que no me enorgullezco de haberme dejado llevar. No suelo perder el control con tanta facilidad.

–¿No? Disculpa, pero no te creo. Eres un mujeriego redomado.

–¿Crees que habría llegado adonde estoy si dejara que mi libido dirigiera mis decisiones?

–Eres un hombre, ¿no? Los hombres sólo tienen en cuenta su libido en lo que tiene que ver con las mujeres.

–Creo que no sabes mucho de hombres. Un hombre que se deja llevar por su libido no es un hombre, sino un botarate inmaduro que se pasa la vida tomando malas decisiones.

–Estoy de acuerdo. Pero es raro que hayas perdido el control conmigo precisamente, cuando ni siquiera te gusto.

–Está claro que no sabes lo que dices. Me pongo duro como una roca sólo de pensar en ti, ¿y piensas que no me gustas?

–Sólo te excita el juego del ratón y el gato. Ya sabes, el de conquistar a la única mujer que te ha dicho que no.

–Tu resistencia siempre me enfureció, pues sentía que me deseabas –repuso él con una sonrisa malévola–. Y ahora que sé lo incendiario que es tu deseo, me gustas más todavía. Además, he decidido otra cosa. Cuando te haga mía, Clarissa, será porque tú me lo supliques.

Ella lo miró, odiándolo por haber adivinado la magnitud de su deseo.

–Me pregunto hasta dónde puede llegar tu arrogancia. Por mucho que tú creas que te deseo, no voy a rendirme a ti. También me gustaría comer chocolate día y noche y apenas lo pruebo.

–Pero si me comes a mí, no engordarás ni enfermarás. Al contrario, en mi cama podrás mantenerte en forma, te saciaré de placer bajo en calorías y te preguntarás cómo has podido vivir sin mí hasta ahora.

Aquel hombre era imparable, pensó Clarissa. Su efecto en ella era devastador. No podía resistirse a él. Pero tenía que hacerlo.

Sólo podría detenerlo si lo hacía enojar, decidió ella.

–¿Por qué no dejas de fingir? Sólo te gusto porque soy la hija del rey. Es lo único que te atrae de mí. Ya has conseguido todo en la vida, sólo te queda ser rey y me quieres a mí como accesorio para tu nuevo estatus real.

***

Ferruccio se quedó de piedra.

Ella pensaba que la perseguía para conseguir el título real casándose con ella, para obtener aún mayor legitimidad. No sólo pensaba que era un bastardo de baja cuna, sino que consideraba que su objetivo era trepar en la escala social.

Y lo había llamado arrogante.

La miró y percibió que el cuerpo de ella seguía vibrando de pasión, seguía atrayéndolo con la misma fuerza inexorable que siempre lo atraía, a pesar de que su rostro mostraba preocupación. Tal vez, Clarissa temía haber cometido un error al decirle lo que pensaba de él.

–Tus opiniones sobre mí son muy interesantes, Clarissa…. –dijo él y esbozó una sonrisa heladora–. Pero la reunión ha terminado. Ahora ve a llorarle a tu padre y cuéntale lo mucho que has sufrido a manos del hombre al que él mismo te ha entregado como un sacrificio humano. Deja que él te consuele y te explique bien por qué debes volver a mí y suplicarme que te tome.

Capítulo Cuatro

Clarissa volvió con su padre.

Igual que la habían recogido, como si fuera un paquete, la llevaron de regreso a palacio.

Ella entró en los aposentos de su padre, temblando, deseando con desesperación que todo lo que Ferruccio le había dicho fuera mentira.

Cerró la puerta, se apoyó sobre ella y cerró los ojos. Necesitaba recuperar la compostura antes de hablar con su padre.

–*Mia cara figlia*, ¿dónde has estado toda la noche?

Clarissa se sobresaltó al ver levantado a su padre, pues solía estar en cama por su enfermedad.

–Tú ya lo sabes –le espetó ella.

Su padre hizo una mueca de dolor y a Clarissa se le contrajo el corazón. Nunca había hablado a su padre así. Maldijo a Ferruccio en silencio. Su padre había quedado muy debilitado después de sufrir un infarto y verlo sufrir por su culpa le rompió el corazón.

El rey cojeó hasta la silla más cercana y se dejó caer en ella.

Se quedó en silencio unos minutos, sin mirar a su hija, recuperando el aliento. Caminar era un gran esfuerzo para él.

–Sólo sé que ibas a reunirte con Ferruccio a primera hora de la mañana.

–La reunión duró un poco más de lo previsto –repuso ella, intentando tragarse su amargura. No quería dejar que las palabras venenosas de Ferruccio le hicieran daño a su padre. Necesitaba aclarar las cosas antes de declararlo culpable de nada–. ¿Sabes por qué pidió que fuera yo quien negociara con él?

Su padre exhaló.

–Si conoces un poco a Ferruccio, Clarissa, sabrás que nunca confía sus motivos a nadie. Pero tengo mis propias teorías.

–¿Y cuáles son? –preguntó ella, tensa.

–Está... interesado en ti. Siempre lo ha estado.

–Y, aun sabiéndolo, me enviaste con él.

–¿Por qué estás tan enfadada, Clarissa? –quiso saber su padre, mirándola alarmado–. ¿Te ha... molestado?

–Eso sería poco decir.

Entonces, el rey se puso furioso. Por un momento, Clarissa vio en él al hombre poderoso y fuerte que había sido antes del infarto.

–¿Qué te ha hecho? Dímelo.

Clarissa no pensaba hacerlo.

–Lo único que importa es por qué me enviaste a él si sabías que tenía motivos personales para elegirme a mí.

–¿Y qué tiene de malo? Nunca he entendido por qué... te gusta tan poco. Pensé que podía ser buen momento para arreglar vuestras diferencias. Él será tu próximo rey. Y no me importaría que fuera algo más.

–¿Pretendías hacer de casamentero?

–¿Qué padre no aprovecha la oportunidad de ver feliz a su hija?

–¿Y crees que Ferruccio me haría feliz?

–¿Quién más hay que sea como él?
–No hay nadie como él.
–Me das la razón.
–Papá... –se lamentó ella. Entonces, una terrible sospecha anidó en su pecho.
¿Y si su padre estaba sufriendo demencia senil? ¿Y si temía morir y dejarla sola y había creído encontrar en Ferruccio un ángel guardián para ella?
Si era así, no debía arremeter contra él, se dijo Clarissa. No podía culpar a su padre por querer lo mejor para ella.
En cualquier caso, no importaba. Lo que importaba era comprobar si las palabras de Ferruccio habían sido ciertas.
–¿Es verdad que Castaldini está en peligro?
–¿Te lo ha dicho Ferruccio? –preguntó el rey a su vez, sorprendido.
–Por favor, dime que ha exagerado.
–No sé qué te ha dicho él –repuso el rey y apartó la mirada–. Pero puede que sea hora de que sepas la verdad.
Clarissa supo, entonces, que todo lo que le había dicho Ferruccio había sido cierto.
–¿Puede? Papá, por favor, soy una mujer adulta, he sido elegida miembro del consejo. ¿Cómo pudiste ocultarme algo así? ¿Por qué?
–Porque sigues siendo mi niña, Clarissa. Porque todos los problemas de Castaldini son culpa mía y no me atrevía a contarte lo mal que lo he hecho todo. Esperaba poder arreglarlo y no tener que admitir mis errores nunca delante de ti, para no ver tus ojos llenarse de decepción y desilusión.
Clarissa se lanzó a sus pies sin poder contener las

lágrimas. Lo abrazó y enterró la cara en el pecho de su padre, como había hecho incontables veces de niña.

–Nunca verás eso en mis ojos, papá. Siempre serás mi héroe.

El rey intentó abrazarla, aunque sólo podía mover un brazo. La besó en la cabeza. Se quedaron un rato así, en silencio. Entonces, Benedetto empezó a hablar.

–Todo comenzó hace diez años. Yo empecé a perder perspectiva en los asuntos exteriores y a descuidar los conflictos internos. Hice enemigos dentro y fuera de Castaldini. Quise ocuparme de todo yo solo y sólo conté lo que pasaba a los miembros más antiguos del consejo. Luego, sufrí el infarto. Una de sus consecuencias ha sido la crisis financiera que asola el país, pero eso es sólo la punta del iceberg –explicó el rey–. Hace falta la figura sólida de un príncipe heredero, antes de que la decadencia debilite el país y éste acabe siendo anexionado por alguno de los países vecinos. Leandro y Mario, como regentes, pueden hacer algo de forma temporal, pero ambos han rechazado la corona. Por buenas razones, lo admito. Sólo un rey puede tener la fuerza necesaria para sacar a Castaldini del peligro. Ferruccio es el único que nos queda. Él tiene el poder necesario, tanto económico como político.

Clarissa estaba tumbada en su cama, mirando al techo.

Eran las diez de la mañana y estaba exhausta.

No había dormido en toda la noche, se había despertado al amanecer y llevaba horas dando vueltas en su habitación.

Castaldini estaba en peligro.

Y dependía de Ferruccio salvar a su país. Él era el único hombre que podía hacerlo.

Pero a él no le importaba nada Castaldini, se dijo Clarissa. Lo único que le preocupaba a Ferruccio era imponer sus condiciones y conseguir lo que quería. A ella.

En una ocasión, Clarissa lo había visto como un dios hecho hombre. En ese momento, le pareció que la metáfora cobraba sentido de la forma más despreciable de todas. Él era un dios que reclamaba un sacrificio humano para ser aplacado. Y ella debía sacrificarse por el bien de su pueblo.

Clarissa se retorció en la cama y tomó el móvil de la mesilla de noche.

Era hora de negociar los términos de su rendición.

Marcó los números. Él respondió al primer tono.

Había estado esperándola.

Ella esperó que él hablara. Pero sólo escuchó silencio al otro lado de la línea.

Ferruccio estaba esperado a que ella comenzara el segundo y último asalto.

Pero ella siguió conteniendo el aliento, sin decir nada.

Al fin, él exhaló. Al escucharlo, la parte más íntima de Clarissa se humedeció.

–Clarissa –murmuró él.

Ella respiró hondo y decidió saltar al ruedo y soltarle la pregunta que le había estado inquietando toda la noche.

–¿A qué te referías con tomarme con la corona? ¿Quieres casarte conmigo o qué?

–¿Casarme contigo? –repitió él y soltó una carcajada cruel y feroz–. ¿Sin probarte primero?

Ella cerró los ojos. ¿Cómo era posible que él la inundara de deseo y de rabia al mismo tiempo?

–¿Entonces quieres que tengamos una aventura primero?

–Puede que sólo quiera una aventura –contestó él tras soltar otra carcajada–. Si no me satisfaces, todo terminaría ahí.

Clarissa contó hasta diez para no estallar.

–Si te das por satisfecho con una aventura, me parece bien. Pero hay algunos detalles que me gustaría aclarar.

–¿Ah, sí? Suena muy profesional. E inapropiado, teniendo en cuenta que había planeado sumirte en un mundo de decadente sensualidad.

Clarissa no pudo controlar las respuestas de su cuerpo y se estremeció de anticipación.

–Pero he cambiado de idea respecto a lo que mereces –añadió él.

–¿Qué quieres decir?

–Que debes bajarte de tu trono y suplicarme. Y tendrás que rogarme mucho. Mi resistencia es legendaria.

Clarissa no lo dudó. Él estaba acostumbrado a que las mujeres más hermosas del mundo se pelearan para poder estar en su lista de aventuras de una noche.

–¿Y piensas emplear tu resistencia conmigo mientras yo hago de acosadora? ¿Cuáles son las reglas del juego? ¿Tiene algún objetivo? ¿O no tiene ningún sentido en absoluto?

Ferruccio rió, al parecer disfrutando de su rebeldía, se dijo Clarissa. Igual era masoquista. Aunque lo cierto era que tenía sentido: él debía de estar demasiado cansado de que todos lo obedecieran y encontraba la irreverencia refrescante.

Si era así, Ferruccio estaba de enhorabuena, porque ella tenía muchas palabras desagradables que tirarle a su arrogante cara.

–Siempre que sigas... acosándome, puedes ser todo lo creativa que quieras con las reglas –señaló él–. En cuanto al objetivo, es hacerme cambiar de opinión. Verás... ya no estoy tan convencido de que seas un buen incentivo. Tu misión es convencerme de lo contrario.

–¿Algún consejo sobre cómo triunfar en mi misión?

–Si consigues hacerme arder en combustión espontánea, sería un buen comienzo.

–Y un final perfecto.

Ferruccio estalló en carcajadas y Clarissa cerró las piernas, intentando calmar el caliente latido que sentía entre ellas.

–Me golpearías si pudieras, ¿verdad? –dijo él con buen humor.

–Es una pena que estés a kilómetros de aquí.

–¿Estás sola?

–S-sí –balbuceó Clarissa, sorprendida por la pregunta. Seducida por ella.

–¿Dónde?

–E-en mi habitación.

–Descríbemela.

–Eh... es grande. Enorme –repuso ella, mirando a su alrededor.

–Más detalles, mujer.

–Ya has estado en el palacio. Conoces sus dimensiones y su estilo de decoración.

–Tu habitación no es como las demás. Y yo no he estado... dentro. Todavía.

Clarissa se estremeció ante su provocativo comentario.

–Es bastante normalita –insistió ella.

–Si no me la describes, tendré que ir a visitarla en persona.

–Creí que era yo quien te tenía que perseguir a ti.

–Me interesa la habitación, no tú.

–Está hecha un desastre, ¿de acuerdo?

–¿Eres desordenada? –preguntó él, incrédulo–. Aunque sea así, tienes una docena de criadas para limpiar por ti.

–Soy muy organizada.

–Entonces, ¿por qué está hecha un desastre tu habitación?

Clarissa se rindió. Aquel hombre era incansable.

–Hace años que necesita una mano de pintura –confesó ella–. Y está muy estropeada. La madera de la pared está vieja, el techo tiene goteras y la pintura descascarillada.

–¿Cómo es posible que nadie se haya ocupado de mantener tus aposentos como el resto del palacio?

–Porque mis aposentos no son monumento nacional.

–Eres la princesa de Castaldini –dijo él, indignado.

–Pues los aposentos del rey están peor.

Ferruccio se quedó unos momentos en silencio. Clarissa casi podía oírlo pensar, estableciendo conexiones, sacando conclusiones. Al fin, él exhaló. Y, cuando habló, la sorprendió de nuevo.

–¿Qué llevas puesto, Clarissa? –susurró él.

Ella se quedó un instante sin respiración. Se humedeció los labios.

–Ropa.

–¿Sí? ¿Y qué ha pasado con las hojas de parra? –bromeó él–. ¿Qué te pones para dormir?

–¿Qué se pone todo el mundo para dormir?

–Pero tú no eres como los demás. Una mujer con un cuerpo tan maravilloso, no puede embutirse en un pijama corriente. Debería vestir tul, gasa, encaje. O sólo joyas.

–Sí, una buena indumentaria para asistir a las reuniones del consejo –se burló ella–. Me gustan más las hojas de parra.

–No me has respondido, Clarissa.

Ella suspiró.

–Sólo para que no vengas a comprobarlo... Llevo puesto un anodino traje de chaqueta, con falda.

–Nada de lo que viste tu cuerpo es anodino. ¿Y qué llevas debajo de la chaqueta?

–No veo por qué...

–Soy yo quien quiere verlo, en mi imaginación. Ahora, haz lo que te digo. Quítate la chaqueta. Despacio.

Los susurros de Ferruccio, hipnóticos e incendiarios, estaban envolviendo a Clarissa en un estado fuera de la realidad ordinaria, donde no había lugar para las reglas y la lógica.

–Ferruccio, no creo que... –intentó protestar ella.

–No pienses, Clarisa. Hazlo. La chaqueta, fuera.

Ella apretó los dientes un momento. Miró el auricular.

–Ya me la he quitado.

–Mentirosa.

–¿Cómo lo sabes? ¿Tienes una cámara colocada en mi habitación?

–Lo sé por tu tono de voz, por tu respiración. Porque mi cuerpo sabe que el tuyo sigue envuelto en un montón de ropa. ¿La blusa tiene botones?

–S-sí.

–Déjate la chaqueta puesta. Por ahora. Desabróchate los botones para mí, Clarissa. Empieza por arriba.

Las manos de ella temblaron, queriendo rendirse a sus órdenes.

–Detente en el botón que está justo debajo de tus pechos –continuó él.

Ella obedeció.

–Pon el teléfono en modo altavoz. Quiero que tengas las dos manos libres.

Ella lo hizo también.

–Ahora coloca las manos sobre tus pechos, *bellissima.* Moldea tus pechos y, luego, acaríciate los pezones con las uñas, por encima del sujetador.

Clarissa se tumbó en la cama e hizo lo que le decía.

–Están duros –prosiguió él–. Necesitan que yo los toque. Con los dedos, con la lengua, con los dientes.

Y era cierto.

–¿Recuerdas cómo te los pellizqué anoche? Hazte lo mismo.

Clarissa obedeció. Soltó un grito sofocado y se arqueó en la cama.

–Otra vez.

A Clarissa le ardía el cuerpo. Entre sus muslos el calor era húmedo. Se sintió como si fuera él quien le estuviera haciendo esas cosas. Y así era. La mente era el órgano sexual más poderoso, sin duda. Y Ferruccio estaba controlando su mente.

–Súbete la falda. Tócate los glúteos como hice yo. Apriétalos.

Clarissa lo hizo, sin molestarse en controlar sus gemidos.

–Soy yo quien te lo hace, ahora te estoy apretando contra mi erección. Abre las piernas, Clarissa, déjame tener mejor acceso. Ábrete y tómalo todo de mí.

Ella se abrió y se sintió como si él estuviera encima, creyó notar su erección... El corazón se le aceleró al máximo.

–Ahora, hazte lo que te gustaría que yo te hiciera... Lo que te habría hecho ayer si no me hubieras detenido. Tócate, Clarissa. Estás ardiendo.

Y lo estaba. Ardía de deseo.

–Desliza la mano dentro de tus braguitas. Ábrete los labios. Ahora desliza tus dedos dentro de tu humedad.

Ella lo hizo. Se arrodilló, temblando.

–Estás derritiéndote, ya no puedes pensar, eres incapaz de respirar de tanto como me deseas. Puedo verte, Clarissa, al borde del éxtasis. Puedo oler tu gozo –dijo él con voz cada vez más ronca–. Puedo sentir cómo late tu corazón, cómo se tensa tu cuerpo, cómo tu parte más íntima me llama a gritos.

Ferruccio hizo una pausa. Su respiración se estremeció.

Clarissa sonrió al oírlo. Él estaba tan afectado como ella, tan sumergido en el deseo que los inundaba. Su aliento la envolvió desde el otro lado del auricular.

Ella esperó, necesitaba llegar al orgasmo con las palabras de él.

–Pero esto termina aquí, *mia magnifica.* Si quieres algo más, tendrás que venir a buscarlo.

Ella se quedó petrificada. Helada.

–Estoy volando a Castaldini ahora mismo –dijo él, con tono distante, de pronto–. Llegaré a mi mansión dentro de una hora. Has llegado muy lejos para convencerme. Espero que quieras continuar con tu… persuasión más tarde.

Capítulo Cinco

Clarissa tardó horas en salir de la cama.

Durante la primera hora, apenas fue capaz de respirar, de pensar.

La frustración y la humillación eran paralizantes, sofocantes. Había intentado quedarse dormida para no pensar y, para su sorpresa, lo había conseguido.

Se despertó desorientada, sollozando.

Tardó unas pocas horas más en recuperar el equilibrio. Se dio un baño con agua caliente para intentar borrar su confusión y su rabia y, sobre todo, el insidioso deseo que Ferruccio le había metido en el cuerpo, en la sangre, en el recuerdo de esos momentos en que la había manipulado por control remoto, llevándola al borde del clímax antes de dejarla con dos palmos de narices.

Tardó una hora más en secarse el pelo y en vestirse.

Luego, se sentó ante su ordenador e intentó pensar. Dejó que el único pensamiento que llenaba su mente cobrara forma con palabras.

No quería volver a ver ni escuchar a Ferruccio nunca más.

Pero tenía que hacerlo.

Él le había pedido que fuera a su mansión.

Y ella había tomado una decisión.

Acabaría con todo esa misma noche.

Iría y le diría dónde se podía meter sus exigencias y sus condiciones. Estaba harta de ser alimento para su ego. Si quería castigarla, dejaría que lo hiciera de una vez por todas. Luego, le convencería de que debía ser rey de Castaldini y de que debía prescindir de ella como una de sus condiciones para el trato.

Con esa esperanza, Clarissa tomó fuerzas y se puso en acción.

Cuando salió de su habitación, Antonia, su ama de cría y dama de compañía, se topó con ella.

–Clarissa, ¿puedes decirme qué estás haciendo aquí? ¡Los hombres del señor Selvaggio han venido hace diez horas, diciendo que tenías una cita con él!

–¿Y no se te ocurrió despertarme?

–Lo intenté, muchas veces. Pero era imposible. Estabas dormida como una piedra, con la ropa puesta. Me rendí hace unas horas –informó Antonia–. ¿Qué te pasa, Clarissa? Pareces bebida.

Clarissa soltó una carcajada sin sentimiento.

–¿Sabes qué? Tienes razón, algo muy tóxico se me ha metido en las venas.

–¿Estás diciendo que estás borracha? –preguntó la otra mujer, mirándola atónita.

–No. Tengo una intoxicación de arrogancia y testosterona.

–Nunca te había visto así –dijo Antonia, confusa–. ¿Estás enferma? ¿O sólo intentas evadirte por haber faltado a tu cita con el señor Selvaggio?

–Eh, soy una mujer. Tengo derecho a llegar tarde, ¿no?

Antonia, una anciana robusta de expresión batalladora a quien Clarissa quería con todo su corazón, frunció el ceño con reprobación.

–Llegas demasiado tarde. Y no eres una mujer. ¡Eres una princesa!

–Créeme, ahora mismo me gustaría no ser ninguna de las dos cosas. Así no me encontraría en esta situación.

–¿Qué situación? Espero que no te refieras a que el señor Selvaggio está interesado en ti. Él es un hombre notable y excelente.

–Primero, mi padre, ahora tú. Sin duda, todo el mundo está emocionado por emparejarme con él. ¿Por qué nunca me lo habíais dicho?

–Llevo seis años preguntándome cómo podías rechazar sus invitaciones de esa manera.

–¿Y no intentaste convencerme para que las aceptara? ¡Increíble de ti!

–En eso es lo único en lo que no he querido influirte, Clarissa.

Clarissa percibió tristeza en los ojos de la mujer mayor. Antonia había sido dama de compañía de la madre de Clarissa antes de que ésta muriera. Y había sido testigo de cómo se había casado siguiendo los consejos de los demás, para acabar en un matrimonio de conveniencia que había terminado hundiéndola.

–Además, hace mucho tiempo que no me pides consejo respecto a nada –añadió Antonia y suspiró.

Clarissa sintió el impulso de abrazar a Antonia, llena de amor y emoción. Necesitaba sentir la fortaleza de su cuerpo y su espíritu, sentirse a salvo entre sus maternales brazos.

–Como si eso te impidiera decirme lo que piensas –comentó Clarissa con cariño.

Antonia abrazó a Clarissa un momento y la apartó.

–Tienes razón. Siempre seré una mujer sobreprotectora en lo que a ti respecta. He pasado gran parte de mi vida cuidándote y educándote, eres la hija que me hubiera gustado tener y eres lo único que le trae alegría a mi viejo corazón después de la muerte de mi Benito. Así que tengo algunos consejos que darte, aunque no me los hayas pedido. Este Selvaggio merece que interfiera en tus elecciones respecto a los hombres. Deja de portarte como una tonta, niña. No lo dejes escapar.

–Ah, Antonia, se nota que no tienes ni idea de quién es.

–Si quieres decir que es un D'Agostino ilegítimo, sí lo sé.

Clarissa se atragantó con su risa.

–Parece que yo he sido la última en enterarme. Pero no me refería a eso. Me refiero a su carácter, a su personalidad.

–Es el hombre más complejo que he conocido jamás. Y eso es lo que le convierte en adecuado para ti.

–Si lo dices porque tengo una personalidad con múltiples facetas, gracias por el cumplido. Si es que es un cumplido. Pero el problema de un hombre tan laberíntico es que, además de cualidades admirables, tiene otras despreciables. Puede ser como un dios en su aspecto y en su poder personal, en su éxito y su influencia, pero también es arrogante, impulsivo y cruelmente ambicioso.

Antonia la miró pensativa.

–Hmm. ¿Arrogante, dices? Yo no he visto más que pruebas de lo contrario. Todas esas exquisitas invitaciones que te mandaba... las tirabas a la basura, hechas pedazos como si te hubieran manchado las manos. Además de sentirse confundido por tu reacción, a un hombre arrogante le habría bastado con una sola de tus negativas para no volver a dirigirte la palabra.

Clarissa hizo una mueca.

–Por eso digo que es impulsivo y cruelmente ambicioso. Ferruccio Selvaggio persigue a su presa hasta que cae a sus pies, rendida.

–¿Así que lo que te propones es contraatacar con una maniobra evasiva, yendo a verle, pero medio día después de lo que él solicita? –se burló Antonia–. Tenías total libertad para actuar según tus deseos cuando se trataba de un asunto personal, Clarissa, pero esta reunión es algo oficial. Después de cómo lo has tratado en el pasado, cualquier otro hombre habría llamado al rey y al consejo y habría presentado una queja contra ti. Y, francamente, le admiro todavía más porque no lo haya hecho.

–¿Pues por qué no te vas tú con él? –le espetó Clarissa. De inmediato, se avergonzó, mientras su ama de cría la miraba como si volviera a tener diez años. Sin embargo, ella no se amedrentó–. Él debería dar las gracias porque voy a verlo de todos modos. Si esta reunión no fuera supuestamente oficial, no habría tenido ninguna oportunidad de que yo me acercara a él. Si cualquier mujer puede llegar tarde, creo que una princesa puede permitirse el lujo de llegar demasiado tarde.

Antonia arqueó las cejas.

–Pareces otra persona, Clarissa.

Ella se encogió de hombros.

–Es que me transformo sólo de oír mencionar el nombre de Ferruccio Selvaggio.

Antonia esbozó un gesto de sospecha.

–Estás jugando a ser una princesita malcriada, con el objetivo de espantarlo, ¿no es así? –adivinó Antonia y miró al techo con los ojos muy abiertos, como si acabara de descubrir el secreto de la vida–. ¡Dios santo! ¿Cómo no me he dado cuenta antes? ¡No estás interesada en él, estás loca por él!

No tenía sentido intentar vendarle los ojos a la mujer que la había criado, se dijo Clarissa. Lo raro era que no se hubiera dado cuenta de sus sentimientos por Ferruccio hasta entonces. Al parecer, era mejor actriz de lo que ella creía.

–Y estaría mucho más loca si no lo dejara escapar.

Por primera vez en veintiocho años, Clarissa vio a Antonia atónita. El ama de cría se quedó con la boca abierta durante un largo instante y meneó la cabeza.

–Sí. Es verdad. No tengo nada más que decir por el momento. Me he quedado sin palabras. Es probable que se me ocurra algo que decirte más tarde. Ahora, ve. Puedes disculparte con los hombres que ha enviado y planificar una nueva cita o presentarte allí e intentar explicar por qué llegas con diez horas de retraso. O puedes hacer con él lo mismo que llevas haciendo durante seis años. Déjalo plantado y ya está. Tienes mucha práctica con eso. O… no, mejor, no. No tengo ni idea de qué puedes hacer. La situación es muy compleja. Es incomprensible…

Clarissa la miró enfurruñada.

–Hasta cuando no sabes qué decir, resumes la situación a la perfección –observó Clarissa.

Antonia se giró y se fue, sin dejar de menear la cabeza. Clarissa se dirigió al encuentro de los hombres que había enviado Ferruccio para que la recogieran.

De nuevo, la escoltaron al aeropuerto de palacio para embarcar en el jet que Ferruccio había enviado. Durante el vuelo de veinte minutos y el camino del coche, Clarissa estuvo acompañada por el mismo hombre que la había llevado a la mansión la noche anterior. Por las pocas palabras que consiguió sacarle, supo que se llamaba Alfredo y que era la mano derecha y asistente personal de Ferruccio.

Además, Clarissa tuvo la sensación de que aquel hombre alto, delgado y con mirada de halcón la odiaba.

Cuando llegaron a la mansión, Alfredo volvió a acompañarla a la puerta. Cuando iba a retirarse, ella lo detuvo.

–¿Puede decirle que estoy aquí, por favor? Tengo que verlo de inmediato. No tardaremos mucho, luego puede llevarme de nuevo al avión.

El hombre miró con disgusto la mano de la princesa, que le sujetaba del brazo, y carraspeó.

–Lo siento, *principessa,* pero las órdenes son estrictas. El señor Selvaggio ha indicado que, cuando usted llegue, todo el mundo debe irse de la mansión y dejarlos a solas, hasta que él requiera nuestro regreso.

Qué conveniente para él, pensó Clarissa. Sin duda, a Ferruccio le convenía estar a solas con ella, poder hacer lo que quisiera sin tener testigos. Con eso, lo único que conseguiría sería que se corriera la voz de que ella era una de sus últimas conquistas.

–Si le ha prohibido comportarse como es debido conmigo aquí, por favor, llámelo.

Alfredo la miró con gesto impasible.

Ella echó mano de todo su autocontrol y de toda su gracia principesca para continuar. Exhaló, intentando suavizar la situación.

–No pude avisarle de que venía, pues tenía el teléfono apagado –continuó ella–. Pero seguro que usted sabe cómo encontrarlo.

–El señor Selvaggio contacta conmigo. Yo nunca lo molesto.

–Esto no es una molestia. Está esperándome.

–Estaba esperándola. Hace doce horas.

Así que era eso, se dijo Clarissa. ¡Aquel hombre, que parecía despreciarla con pasión, la estaba castigando por haber hecho esperar a su dios!

–Bueno, pues ahora estoy aquí. ¿Cómo va a saber que he llegado? ¿Cómo sé yo si él está aquí? Podría estar fuera, practicando algún deporte nocturno.

–No tengo idea, *principessa.* No me ha informado de sus planes para esta noche. Lamento no poder ayudarla. Depende de usted hacer lo que quiera ahora. Puede esperar a que él vuelva a encender su móvil e informarle de su llegada. O puede que regrese, si es que está fuera. O que baje, si es que está en el piso de arriba. O, si lo desea, puedo conducirla de nuevo al avión para que regrese a palacio, puede cambiar su cita y volver en otro momento.

Toda la gracia principesca de Clarissa se evaporó.

–No le estoy pidiendo que me transmita información secreta para dársela a sus competidores –insistió ella, frustrada–. *Dio!* Así que le dio órdenes de dejarme entrar e irse. Eso tiene sentido sólo si él me está esperando. Pero, a causa de mi… retraso… ya no está esperándome. Por eso, no creo que el señor

Selvaggio considere que lo está desobedeciendo si lo llama ahora para informarle de mi llegada.

Alfredo la miró con gesto pétreo. Era obvio que había dicho su última palabra. Aquello sacó de quicio a Clarissa.

–¿Tan terrible es en sus castigos y tan estricto en sus órdenes que hace que usted tiemble de terror ante la perspectiva de contrariarlo? Si es así, mi padre y el consejo están muy equivocados al pensar que alguien tan despótico puede ser un buen rey.

El hombre pareció ofendido.

–Es Su Alteza quien está muy equivocada. No es el miedo lo que motiva a ninguno de los trabajadores del señor Selvaggio. Es la lealtad. Nos esforzamos por estar a la altura de sus expectativas, pues él siempre sobrepasa las nuestras.

Clarissa se quedó boquiabierta.

Vaya. Un discursito muy apasionado. Sin duda, Alfredo había hablado con todo su corazón, pensó ella.

No era de extrañar. Ferruccio le había contado cómo manipulaba a la gente, haciendo que se retorcieran de satisfacción bajo su influencia. Sus empleados debían de pensar que eran afortunados de poder servir en su panteón y merecer la aprobación de su dios. Genial.

Clarissa dejó que el hombre se fuera, lo vio cerrar la puerta tras él y se encogió con resignación.

Ferruccio debía de estar a punto de regresar. O de bajar del piso de arriba.

O nada. Clarissa llevaba una hora esperando.

Ferruccio no había aparecido. Y ella estaba segura de que no lo haría. La estaba castigando por haber llegado tarde. Bastardo.

Clarissa no podía culpar al ayudante de Ferruccio por mostrar desdén por ella, pues el hombre no conocía los detalles de la situación. Pero lo que no podía creer era que Ferruccio se atreviera a pensar que ella debía haber corrido para encontrarse con él... ¡después de lo que le había hecho!

Ese hombre incluso había conseguido engañar a Antonia, la mujer que siempre sabía calar a todo el mundo, haciéndola creer que era un hombre excelente. Aunque, en ese momento, daba igual, pensó ella. Lo que tenía que hacer era decidir cómo enfrentarse a la situación.

Alfredo le había dado dos únicas opciones. Esperar. O irse.

Esperar era, sin duda, algo sin sentido. Ferruccio podía dejarla así hasta el día siguiente, incluso era capaz de irse de la isla antes de verla. E irse no era una opción, tampoco. Con eso, sólo conseguiría alargar las cosas.

Y Clarissa necesitaba acabar con todo esa noche.

Por eso, se le ocurrió una tercera opción. Podía ir a buscarlo.

Empezaría peinando el piso de arriba. Era probable que él estuviera sentado en algún despacho, observándola a través de cámaras ocultas de vigilancia.

Después de explorar la planta baja, Clarissa supo que había tres escaleras que llevaban a diferentes lugares de la compleja mansión. Una llevaba a la torre, otra a lo que parecía la fachada este, la última a la zona oeste.

Sin detenerse a considerar por dónde empezar, Clarissa empezó a caminar. Cuando estaba comenzando a subir los primeros peldaños, como si sus pies tuvieran voluntad propia, recordó algo que él le había contado la noche que habían cenado juntos en la playa. Él le había confiado que se sentía más despejado y más vital cuando dormía y trabajaba mirando al oeste. Y allí se estaba dirigiendo ella. Allí era donde él estaba, pensó.

Con cada paso, su respiración se iba haciendo más entrecortada. Presentía dónde podía encontrarlo y, al mismo tiempo, tenía la sensación de estar entrando en un plano de realidad alternativa. También sospechó que, cuando saliera de allí, nunca volvería a ser la misma.

Llegó a la galería intermedia donde lo había visto parado el día anterior. A partir de ese punto, la zona oeste se dividía en dos áreas. Ella no dudó, tomó el pasillo de columnas de la izquierda.

Al final del pasillo, se encontró con una puerta de roble, cerrada.

Mientras se aproximaba, el corazón le latía con más fuerza, hasta casi ensordecerla.

En el último momento, Clarissa tropezó y terminó con la cara pegada contra la fría puerta. Entonces, los oyó.

Gruñidos. Profundos, hondos.

Agónicos.

Clarissa se quedó helada. Contuvo el aliento, intentando silenciar su corazón. Agudizó el oído, para poder captar lo que estaba pasando allí.

Dio, ¿por qué estaba él gimiendo así?

Su mente intentó buscarle una explicación y, de pronto, dio con una y se quedó congelada, horrorizada.

Ferruccio podía estar con una mujer. O con más de una. Podían ser sus gemidos en los brazos de la pasión.

Su sospecha, sin embargo, sólo se mantuvo en pie unos segundos.

No. Sonaba como si estuviera sufriendo.

De pronto, al otro lado de la puerta se hizo el silencio.

Ella entró, con el corazón acelerado.

Era una habitación enorme, escasamente iluminada. Clarissa dio una docena de pasos en el suelo de mármol y se detuvo, tambaleante, ante una cama gigante envuelta en oscuridad, en el lado opuesto de la habitación.

Y allí estaba él, en medio de la cama, tumbado de espaldas. Tenía un brazo debajo de la cabeza, el otro estirado a un lado del cuerpo. Tenía el pecho desnudo, las caderas y las piernas en parte cubiertas por sábanas de color oscuro. Tenía la cabeza hacia atrás, la cara vuelta hacia la puerta de la terraza, que estaba abierta a la balsámica brisa nocturna.

Parecía un dios en su guarida secreta.

Pero estaba totalmente quieto. Parecía que no respiraba.

Llena de pánico, Clarissa corrió a su lado, con el corazón a punto de salírsele del pecho.

Antes de lanzarse junto a él en la cama, lista para agarrarlo y sacudirlo y rogarle que despertara, él se retorció.

Ella casi cayó al suelo de rodillas, tan aliviada estaba. «*Dio, Dio, grazie*», dijo para sus adentros.

Sólo estaba... estaba... dormido.

Pero no estaba sólo durmiendo.

Clarissa contempló horrorizada cómo el rostro de él se contraía, mientras sus mandíbulas chocaban entre sí y su cuerpo se tensaba.

De pronto, Ferruccio se arqueó. Se le notaban las venas como si estuviera sometido a alta presión y todo su cuerpo estaba empapado en sudor. Incluso en la penumbra, ella se dio cuenta de que su color bronceado había desaparecido. Estaba pálido. Su respiración se aceleró. La cama empezó a temblar con la terrible tensión que recorría su cuerpo.

Era como si estuviera intentando escapar de algo que lo arrastraba, que lo aplastaba. Como si estuviera siendo sometido a una tortura insoportable, tragándose los gritos para no delatar su agonía. Entonces, volvió a hacer ese sonido.

Los gruñidos parecían surgir de lo más profundo de su alma. Llenos de furia y ferocidad, de miedo y desesperación, explotaban en su garganta como rugidos de puro tormento.

Estaba en los brazos de una terrible pesadilla, pensó Clarissa. Como las que seguían persiguiéndola a ella. Las que no había contado a nadie. Había aprendido a vivir con las pesadillas, se había entrenado para escapar de ellas, para minimizar su daño. Al menos, después de despertarse. En los últimos años, se habían vuelto menos frecuentes, pero habían ganado en intensidad.

Clarissa reconoció la misma angustia en el hombre que tenía delante, una agonía que le recordaba a la suya propia.

¿Sería aquello un sueño aislado o también sufriría él pesadillas recurrentes?

Era recurrente, adivinó Clarissa. Reconocía los

signos. Si era así... ¿qué dolor y qué horror revivía él cada vez que cerraba los ojos rindiéndose al sueño?

Una lista interminable de posibilidades llenó la imaginación de Clarissa, cosas que podían haberle asustado de muerte cuando era niño, cosas crueles y dañinas en las que ella no se atrevía ni a pensar.

Ella había creído que él era invulnerable. Que había sobrevivido a todo sin una sola cicatriz.

No era así. Y delante tenía la prueba. Aquel hombre se retorcía en sufrimiento, sus heridas eran tan profundas que hacían parecer una nimiedad las de ella.

La compasión inundó a Clarissa y la hizo arrodillarse junto a la cama de Ferruccio. Deseaba alargar la mano y tocarlo, intentar salvarlo de los demonios que lo acosaban. En ese momento, se sintió capaz de hacer cualquier cosa para librarlo de aquel tormento.

Una vocecilla en su interior le dijo que aquel hombre era el mismo que la torturaba a ella, pero Clarissa no quiso prestarle atención.

Aquél era el único hombre que había despertado su pasión. En ese momento, despertaba todos sus sentimientos compasivos y protectores. No podía soportar verlo sufrir de esa manera. A él, no. Él era el indómito, el inconquistable Ferruccio.

Clarissa se inclinó hacia delante, posó los labios en los párpados apretados de él, uno después de otro. Luego, puso las manos temblorosas sobre su pecho y presionó con suavidad para diluir la tensión y el exceso de electricidad, intentando calmarlo, darle paz.

Ferruccio abrió los ojos de golpe. En ese instante, a Clarissa se le nubló la vista, una explosión le hizo estrellarse con un golpe que la dejó sin respiración.

Se encontró tumbada boca arriba, con las manos

inmovilizadas sobre la cabeza y el cuello apretado por unas manos de granito. Sobre ella, una tonelada de fuerza bruta masculina, apresándola contra la cama.

Ella parpadeó conmocionada. Vio el rostro de Ferruccio pintado de ferocidad, como un enorme felino en posición de ataque, inmovilizando a su víctima antes de lanzarse a matar.

Él parpadeó también. Lo hizo varias veces, atónito. Y apartó la mano que había estado a punto de ahogarla.

–Clarissa…

Ella tosió. Se dio cuenta de que la había confundido con un atacante.

¿Cuántas veces habría sido él asaltado, herido, para desarrollar tan rápida respuesta refleja a una amenaza?

Los ojos se le llenaron de lágrimas a Clarissa. Lágrimas que le salían del corazón.

Ella sintió cómo el cuerpo de él se relajaba, dejando su posición de ataque. Al mismo tiempo, notó cómo su miembro se endurecía, como respuesta inmediata a tenerla debajo de él.

De pronto, Ferruccio le soltó las manos, se quitó de encima y se tumbó sobre la espalda de nuevo. Se tapó los ojos con el brazo.

–*Perdonami*… *Dio*, Clarissa, pensé que eras… que eras…

Ella se incorporó, apoyándose en los codos, aún temblando.

–¿Qué?

Él murmuró algo indescifrable y exhaló.

–Nada. ¿Pero qué diablos estás haciendo aquí?

Clarissa se inclinó sobre él. Necesitaba aliviar su

tensión, quería hacerle saber que no estaba solo, que no era el único que tenía que lidiar con demonios nocturnos.

–He venido a buscarte. Luego… te oí. Tuvo que entrar, Ferruccio. Estabas teniendo una pesadilla y yo… yo… quería ayudar –balbuceó ella y le apartó el brazo de los ojos con manos temblorosas–. Sigo queriendo ayudarte.

En sus ojos, Ferruccio dejó traslucir algo de lo que Clarissa no le había creído capaz antes de haber entrado en su dormitorio. Sentimientos desnudos. Intensos, sinceros. Ella podía sentirlos como si le pertenecieran. Eran una mezcla de alivio, gratitud, necesidad de cercanía.

Ferruccio le agarró una mano y se la llevó al corazón. Con la otra, le tocó el cuello.

–*Dio santo,* Clarissa… Podía haberte lastimado.

Ella le acarició la frente, no podía soportar que él se sintiera culpable. Intentó sonreír, aunque sus labios estaban temblando.

–No lo has hecho. Ha sido como una especie de montaña rusa. No sé cómo te las arreglas para hacerme sentir que peso cien gramos en vez de cincuenta kilos.

Los labios de Ferruccio, que habían estado apretados en una fina línea desde que se había despertado, se relajaron un poco.

–Siento que te pusieras en mi camino cuando creía que estaba luchando con alguien de mi pesadilla. Durante un instante, no me di cuenta de que estaba dormido, de que eso había dejado de ser… real.

Clarissa se sentó en la cama y se tomó un momento para digerir sus palabras.

–No estás hablando de lo que has soñado nada más, ¿verdad?

Él apartó la mirada. Luego, decidió no evitar el tema y asintió.

–He pasado por… malos momentos. Vuelvo a recordarlos de cuando en cuando. No estoy seguro de por qué. Hace mucho tiempo que no soy un niño de la calle ni tengo que luchar por mi vida. Esos recuerdos son un eco del pasado.

–¿Lo son? –preguntó ella. No lo creía. Ferruccio ignoraba que estaba hablando con una experta en traumas infantiles–. Algunos recuerdos permanecen tan vívidos como siempre. Incluso ganan claridad con el tiempo, se aumentan, cuando han sido experimentados por la impresionable psique de un niño.

Ferruccio la miró a los ojos, maravillado. Clarissa supo que se estaba preguntando qué sabía ella de eso y que estaba deliberando si abordar el tema. Ella se preparó para evadir sus preguntas. Sin embargo, al parecer, él decidió dejarlo de lado y centrarse en su historia personal.

–Yo no era exactamente un niño cuando huí de mi última casa de acogida.

–Lo eras antes de huir. Las razones por las que te fuiste deben de haber sido… imborrables. Además, con trece años no se es un adulto. No puedo imaginar pasar ni un día en las calles ahora, y menos a esa edad. Ser tan joven y saber que no tienes a nadie a quien acudir, nadie que te proteja, ni siquiera que te dé un bocado o un techo para dormir… ¿Cómo lo hiciste, Ferruccio? ¿Cómo sobreviviste a todo eso?

Él titubeó un momento antes de hablar, con voz ronca.

–Millones de niños sobreviven a eso y a cosas peores todos los días, en todo el mundo.

–Ninguno de ellos se ha convertido en lo que tú eres. Sólo hay una explicación para eso. Eres un milagro, Ferruccio Selvaggio.

Ferruccio se quedó estupefacto. Miró a Clarissa como si pensara que seguía soñando.

Debía de estar intentando comprender qué le había hecho cambiar de opinión, se dijo Clarissa. Para contestarle, ella tendría que contarle cosas que no quería revelar jamás. Sobre todo, a él.

Ferruccio estaba lejos de recuperar su férrea e impenetrable compostura habitual. Además de su sorpresa al escucharla admitir su admiración por él, empezó a sonrojarse.

–No creo que los milagros tengan nada que ver con lo que he logrado. He vivido tantos momentos buenos como malos. No sólo he estado expuesto a los depredadores que se ceban en los más vulnerables, también he tenido la suerte de conocer a ángeles que me han guiado y ayudado. Sueño con ellos también, aunque esos sueños no me provocan reacciones tan... dramáticas. Si tengo que ser sincero, tengo mucho por lo que estar agradecido. De vez en cuando, sin embargo, se cuela una pesadilla en mis sueños. Supongo que son gajes del oficio.

Ella apretó los labios. Hacía muy poco tiempo, lo había creído un dios malvado, borracho de poder. Pero había descubierto que era humano y que había tenido que pasar por calvarios indescriptibles, con los que seguía soñando. Quizá, su apariencia de impasibilidad era sólo eso, apariencia.

Aunque él no había elegido mostrarle su talón

de Aquiles, había aceptado con facilidad el que ella lo hubiera descubierto y le había confiado de buena gana algo más sobre sí mismo.

–*Grazie molto, mia bella unica.*

Ella lo miró atónita, sin comprender.

–¿Por qué?

–Por intentar salvarme de los monstruos que me atacan cuando duermo.

Los ojos de Clarissa, que se habían acostumbrado a la penumbra, recorrieron al cuerpo de él, cada uno de sus fuertes músculos, el vello de su pecho... De pronto, su sensación de comunión emocional se transformó en el más puro deseo carnal.

–¿Te gusta?

Ferruccio le había preguntado lo mismo el día anterior. Entonces, se había referido a su mansión y sus alrededores.

En ese momento, se estaba refiriendo a otro trabajo del hombre y la naturaleza. A él mismo.

Clarissa tragó saliva y le dio la misma respuesta. Seguía siendo válida, después de todo.

–¿Cómo no va a gustarme?

–Pues sírvete tú misma.

Capítulo Seis

Clarissa no sabía por dónde empezar.

Quizá, debería pasar por alto su rostro por el momento, se dijo ella. Y aprovechar la oportunidad de explorar su perfección al desnudo.

Sin embargo, en su cuerpo, las opciones se multiplicaban. ¿Por dónde podía empezar? ¿Por su clavícula esculpida o sus fuertes deltoides? ¿Por su pecho? ¿Por sus tentadores pectorales o por la fuerza de sus bíceps? ¿O debía comenzar por ese vello tan sedoso que enfatizaba su masa muscular? Tenía ante sus ojos una escultura de bronce viviente y cada centímetro de su piel era una maravilla.

Y eso era sólo lo que estaba al descubierto. Las sábanas escondían más.

–Déjame que te ayude –susurró él.

Todavía tumbado boca arriba, con aspecto relajado, Ferruccio alargó el brazo y tomó ambas manos de ella, colocándoselas sobre el cuerpo.

Ella gimió al palpar su pecho, al sentir su corazón. La otra mano la colocó en su abdomen, a unos centímetros de las sábanas que le cubrían las caderas y los muslos.

–¿Lo notas?

Clarissa supo que se refería a la corriente de alto voltaje que su cuerpo emanaba. Ella se sentía sobrecargada y electrocutada al mismo tiempo. Asintió.

–Tu contacto me deja paralizado. Experimento demasiadas cosas. Al mismo tiempo, me hace sentir poderoso, capaz de cualquier cosa.

¡Era lo mismo que ella sentía! Clarissa asintió de nuevo.

Los ojos de Ferruccio ardieron de pasión mientras comenzaba a mover las manos de ella sobre su cuerpo, como si fuera un artista maestro, pintando una obra impresionista, combinando breves toques y largas pinceladas. A continuación, se llevó a la cara una de las manos de ella. Se la llenó de besos, la lamió entre los dedos, le chupó cada uno de ellos, diciéndole con la mirada que pensaba hacerle lo mismo en el resto del cuerpo. Una corriente de sensaciones y excitación recorrió a Clarissa, alojándose en su vientre.

Poco a poco, las manos de ella comenzaron a tomar vida propia, tocando lo que deseaban, y él las soltó y se echó hacia atrás, rindiéndose a su exploración.

Lo primero que hizo Clarissa fue tomar el rostro de él entre las manos, como tantas veces había soñado. Lo miró a los ojos mientras le acariciaba las mejillas, los labios esculpidos, las cejas perfectas. Al llegar a sus párpados, pesados por el deseo, le hizo cerrarlos.

Clarissa posó los labios en ambos ojos, percibiendo cómo él se tensaba al sentir su aliento.

–Es lo mismo que hice antes, para hacerte abrir los ojos, para sacarte de la pesadilla. Ahora, quiero que lo saborees. Quiero que dejes los ojos cerrados, que te relajes.

En vez de eso, Ferruccio abrió los ojos. Sus intenciones de dejar que ella lo explorara se evaporaron. La tomó de la cintura y de la cabeza, intentando besarla en los labios. Ella se resistió.

–Déjame hacerlo, Ferruccio. Llevo mucho tiempo queriendo tocarte.

Él la soltó y se extendió en la cama, dispuesto a dejar que ella hiciera lo que quisiera.

–Sí, házmelo todo, todo lo que quieras, todo con lo que hayas soñado. No hay límites, sólo libertad, placer.

Clarissa frotó los pechos contra el pecho de acero de él. Bajó con la boca hasta sus labios y se detuvo un momento para observar su perfecta sensualidad. Se metió el labio inferior de él en la boca y cerró los ojos, para concentrarse en su exploración, maravillándose ante su fuerza y su suavidad, su calor y su humedad... y ese magnífico sabor que era tan inconfundiblemente suyo.

El cuerpo de Ferruccio irradiaba tensión mientras ella le mordisqueaba los labios, se los entreabría, los penetraba con su lengua. Clarissa sintió cómo él se esforzaba para no agarrarla por la cabeza y tomar las riendas del beso con ferocidad. Ella casi deseó que lo hiciera. Casi. Pero quería explorarlo un poco más.

Y lo hizo. Se detuvo en cada una de las partes que había admirado con la vista, para saborearlas con todos sus sentidos.

Cuando estaba recorriéndole el vientre con la punta de la lengua, preguntándose cómo era posible que fuera tan musculoso, tan vibrante, él gimió.

–Ahora haz lo que más deseas.

Ella obedeció, agarró la sábana y con sensual lentitud, se la quitó. Y se quedó mirando.

Qué longitud. Y qué forma tan perfecta.

Ella había presentido que Ferruccio sería único también en eso. De nuevo, su imaginación no había estado a la altura de la realidad. Se le hizo la boca agua, las manos le ardieron, deseando tocarlo.

–Siénteme, Clarissa –le pidió él, mirándola a los ojos–. Disfrútame, tómame. Demuéstrame lo mucho que te gusta tocarme, lo viva que te hace sentir.

Clarissa se estaba derritiendo de deseo. Sin embargo, la enormidad de lo que quería hacer, lo que él le estaba pidiendo que hiciera, la abrumaba. Se sentía demasiado inexperimentada. Sí, conocía el mecanismo. Pero sólo en teoría. Nunca había tocado a un hombre.

Clarissa había vivido como una reclusa hasta los dieciocho años y los cuatro siguientes no habían sido muy diferentes, pues había volcado toda su energía en los estudios. Había esquivado a los hombres, no sólo porque casi todos se le habían acercado motivados por su estatus real, sino porque no había estado interesada en ninguno de ellos.

Entonces, había conocido a Ferruccio. Y había sabido que tenía que ser él o nadie. Y, como había creído que nunca podría tenerlo a él, había pensado que moriría sin conocer lo que era estar con un hombre. En ese momento, lo sabía. Sabía cómo era sentir su contacto. Podía tocarlo, verlo, sentirlo... a él. Sólo a él.

Intentó rodear su miembro con la mano, pero no pudo. Tragó saliva y gimió, mientras se deleitaba con su mezcla de suavidad y dureza, su calor abrasador. Él también gimió, mientras lo acariciaba. Ella observó el placer dibujado en su rostro. Ferruccio comenzó a mover las caderas al ritmo de la mano de ella, contemplándola con creciente deseo. Ella lo adoró, bajó el rostro hacia él, para saborear su aroma, su poder, su masculinidad. Y no pudo evitarlo.

Clarissa recorrió la punta de la erección de él con la lengua y casi se desmayó al sentir su piel satinada, su sabor. Respiró hondo para llevar algo de oxígeno a su cerebro y sólo consiguió llenarse los pulmones con su aroma. Con un grito de urgencia, ella abrió la boca para tomar todo lo que pudiera de él.

Ferruccio le apretó la cabeza, deteniéndola.

–Quiero saborear tu placer –gimió ella.

–Lo harás. Y yo saborearé el tuyo, una y otra vez. Pero quiero que nuestro primer contacto sea piel con piel.

Ella también lo quería. Se moría por hacerlo. Y se moría por darle todo lo que él quisiera.

Clarissa se sintió perdida después de haberlo lamido con tanto abandono y se quedó sin saber qué hacer a continuación. Lo miró a los ojos mientras él se sentaba en la cama.

Ferruccio le recorrió la blusa y los pantalones con la mirada.

–No llevas traje de chaqueta, pero tu ropa sigue pareciéndome de lo más erótico. Quiero que te la quites. Ahora, Clarissa.

Sin decir ni pensar nada, agradecida por aquella orden, Clarissa se quitó la blusa por encima de la cabeza.

Ferruccio rugió al ver sus pechos llenándole el sujetador. Ella se dejó caer en la cama, loca de excitación.

Él se puso de rodillas, sobre ella.

–Más, Clarissa. Muéstrame el resto de tu cuerpo. Desnúdate del todo para mí. Vuélveme loco.

Clarissa luchó con el botón y la cremallera de sus ajustados pantalones para poder quitárselos. Él la observó retorcerse en su intento, con ojos feroces. Entonces, se puso en pie sobre la cama y la tomó de las piernas, levantándola hasta que sólo los hombros y la cabeza de Clarissa tocaban la cama. La miró así, mientras los jadeos de ambos llenaban el aire.

Ella sabía qué aspecto debía de tener así, sujeta cabeza abajo, medio desmayada de deseo, invitándole a hacerle lo que quisiera, con los pechos casi saliéndosele del sujetador por la fuerza de la gravedad y los pantalones a medio muslo. Con todas sus fuerzas, intentó atraerlo entre sus piernas.

Entonces, con un solo movimiento, como un mago, él le quitó los pantalones.

Ferruccio bajó las piernas de ella sobre la cama, devorándola con los ojos, y se tumbó encima de ella, envolviéndola con sus músculos y su masculinidad.

–*Mia bella unica.* Tú sí que eres un milagro.

Ferruccio deslizó las manos debajo de ella y Clarissa arqueó la espalda, a su merced, mientras la desabrochaba el sujetador. Él se lo quitó y tomó ambos pechos en las manos. Ella gritó cuando los amasó con suavidad. A continuación, él jugó con sus pezones, con la lengua, con los dientes.

–Anoche y esta mañana, con cada uno de tus gemidos, con tu placer y tu deseo, me has vuelto loco. Has nacido para hacerme perder la cordura.

–Ferruccio, por favor... –rogó ella–. No esperes... no puedo... no puedo...

Él le apretó los glúteos, los frotó y los acarició, antes de deshacerse de la última barrera de tela que los separaba.

–No habrá más esperas. Nunca más, ¿me oyes?

–Sí, sí, por favor...

Clarissa abrió las piernas para él, sin vergüenza, ofreciéndose, suplicándole.

Ferruccio se sujetó la erección con la mano pero, en vez de introducirla dentro de ella, deslizó su punta sobre los húmedos labios de su sexo. Ella se abrió, intentando darle paso, arrastrarlo a su interior.

–¿Te das cuenta de lo caliente y mojada que estás para mí?

Ferruccio movió su erección hacia arriba, tocando la parte más sensible de ella. Clarissa gritó con sorpresa y placer.

–Cuando te estabas tocando para mí, ¿qué imaginabas, Clarissa? ¿Eran mis dedos lo que te penetraba, mi lengua... o esto?

Ferruccio volvió a frotarse con ella, haciéndola retorcerse.

–Esto... te imaginé haciendo esto... me moría porque lo hicieras en la realidad. Pero esto es un millón de veces mejor... No sabía... que nada... pudiera ser tan delicioso.

–Ni yo. Y cada vez va a ser mejor.

Él se deslizó hacia dentro un segundo, despacio, luego siguió haciéndolo con rápidas y hondas arremetidas, con el rostro desencajado.

Clarissa se dio cuenta de que Ferruccio no estaba controlándose. Sus acciones no eran premeditadas. Él estaba tan perdido como ella. Y supo algo más. Nadie había sido testigo nunca de la vulnerabilidad de aquel gran hombre ni había despertado su deseo así. Sólo ella.

Aquella convicción la atravesó como una bendición, como agua que llegara a un muerto de sed.

Clarissa lo rodeó con sus piernas, intentó apretarlo contra su cuerpo, hacer que entrara con más profundidad. Sabía que le dolería. Pero quería que fuera así. Quería que fuera él quien la marcara por primera vez.

Y él lo hizo. Atravesó su barrera y se sumergió en sus profundidades. Clarissa lo sintió como si fuera una espada al rojo vivo. Gritó, se retorció de dolor y de placer al mismo tiempo, gozando al sentir que Ferruccio la dominaba, rindiéndose a él.

–*Dio, Dio santo...* estás tan caliente. Clarissa, *amore*, me estás abrasando.

Él salió un poco, luego la penetró con más profundidad, una y otra vez.

–Quémame, *cuore mio*, consúmeme mientras te invado, tómalo todo de mí, hasta lo más hondo.

Clarissa sintió que él le había llegado a lo más hondo. Ferruccio había alcanzado el corazón de su feminidad, su vientre. Aquella conexión tan íntima estaba más allá de cualquier cosa que ella hubiera imaginado. Todo lo que había sentido por él, todas sus sensaciones, se concentraron en un solo punto. Entonces, explotó.

Clarissa se estremeció, recorrida por convulsiones. Oyó cómo él rugía, lo sintió tensarse entre sus brazos, entrando más hondo que nunca. Luego, su calidez la inundó. Su semilla la llenó. Su primera vez, su único hombre había llegado al clímax dentro de ella, dándole al mismo tiempo el más exquisito de los placeres.

Clarissa tembló, se retorció, lloró. Luego... el vacío.

Ferruccio sintió a Clarissa desvanecerse debajo de él. Sus miembros cayeron como pétalos de una rosa.

Con brazos temblorosos y presa del pánico, Ferruccio se quitó de encima de su cuerpo inerte. Gimió mientras salía de su interior, que aún lo tenía prisionero.

La examinó con atención. Su rostro estaba empapado en lágrimas, sus labios brillantes y rojos, abiertos… respirando con tranquilidad.

Ferruccio se dejó caer a su lado. *Dio*… por un momento había pensado…

Entonces, se incorporó de nuevo y la observó despacio, deteniéndose en partes de su cuerpo que todavía no había tenido la oportunidad de saborear con calma.

Pero eso no era excusa para haber llegado al orgasmo dentro de ella de ese modo.

Durante seis años, Ferruccio se había prometido que la primera vez que la llevara a su cama, la mimaría y la adoraría hasta que ella estuviera llorando de satisfacción, antes de pensar en su propio placer.

Y lo había conseguido. Le había dado tanto placer a Clarissa que ella había llorado. Su orgasmo había sido tan intenso que se había desmayado. Pero aquélla no era la seducción refinada y cuidada que él había planeado durante tanto tiempo. Había perdido el control.

Nunca antes había perdido el control de esa manera.

Sin embargo, cuando la había tocado, se había convertido en un hombre primitivo, sin lógica ni razón y con el único objetivo de marcar a su hembra.

Y lo había hecho de veras, pensó, conmocionado por la experiencia. Ferruccio había sabido que aquello sucedería cuando, la primera vez que se habían visto, había experimentado tan fuertes sentimientos de posesión y de pertenencia. Antes de que el rechazo de ella transformara esos sentimientos en amargura, resentimiento y rabia...

Recorrió el cuerpo de ella con una mano. Era suya. Al fin.

Entonces, vio algo debajo de ella y se quedó petrificado. Una pequeña mancha de sangre.

Su primera reacción fue de pánico. El lugar y la cantidad de sangre hablaban por sí mismos. Él había sido el primero.

El descubrimiento lo conmocionó. Le alegró. Le provocó deseos de golpearse el pecho como un gorila y dar volteretas en el aire. Ella había sido suya todo el tiempo.

Pero... si había sido así... ¿por qué ella no había hecho más que mostrarle su desprecio durante tantos años?

Ferruccio contempló el rostro de ella, saciado, transformado por la experiencia. Era la representación de todos sus sueños y fantasías. Entonces, la rabia lo invadió.

Él conocía la respuesta a la pregunta.

Siempre había intuido que ella lo deseaba y que lo evadía para no sucumbir a la tentación. Porque a ella le había parecido una abominación. Él le parecía una abominación. Tal vez, sin embargo, ella había decidido rendirse a su deseo, ya que le interesaba hacerlo.

Ferruccio le había dicho que tenía que persuadirlo. Y ella lo había hecho. Se había convertido en fuego entre sus brazos, lo había conquistado.

Sin embargo, ella no había dejado de despreciarlo en el fondo de su corazón. No había otra explicación por los últimos seis años de negativas. Debía dejar de engañarse, se dijo Ferruccio.

Aunque eso no cambiaba las cosas. La había hecho suya. Y seguiría siendo suya.

De todos modos, no pensaba dejarse dominar por ella, se prometió Ferruccio. Nunca. Iba a conseguir lo que quisiera de ella y sólo le daría lo justo para seguir teniéndola en su poder.

Una cálida caricia le recorrió la cara, el cuello, el pecho, inundándola con su suavidad hasta que se convirtió en una corriente eléctrica que, de nuevo, hizo que su parte más íntima se humedeciera.

Clarissa abrió los ojos. Él la estaba mirando bajo la luz de las velas.

Ferruccio. El hombre del que había estado huyendo una eternidad. Estaba tumbado a su lado en la cama, apoyado en un codo, recorriéndole el cuerpo con las manos. Hacía unos momentos, la había poseído y la había satisfecho hasta el punto de hacerle perder la conciencia por primera vez en su vida.

Clarissa había estado seis años esperándolo. Encontrarlo había sido como hallar la plenitud. Perderlo... no podía imaginarse volver a perderlo.

Había estado engañada. No había imaginado ser capaz de sentir tanto deseo y tanto placer.

Iba más allá de lo físico. Lo que habían compartido antes de hacer el amor ampliaba las fronteras de su capacidad de sentir.

Había dejado de huir. Y había aceptado la realidad.

Lo amaba.

Cuánto lo amaba... Con cada célula de su cuerpo. Pero eso no cambiaba las cosas. Ella no era más que un objeto de conveniencia para él, pensó Clarissa.

¿O no? Las cosas que él le había dicho, cómo la había tratado, cómo la había poseído... ¿Era posible que él sintiera algo más por ella?

–Lo has hecho muy bien. Un buen intento de persuasión.

Clarissa se encogió al escuchar el tono de su voz. Ya no había pasión ni sinceridad en él.

–Pero siento la necesidad de que me persuadas un poco más. A partir de ahora, necesitaré persuasión constante.

Clarissa cayó de golpe desde el cielo a la fría realidad.

Ahí tenía la respuesta a su pregunta. Para Ferruccio, ella era sólo una victoria estratégica que le garantizaba poner en su sitio las piezas de su plan. Él había descubierto sus secretos y había desintegrado su cuerpo en placer, rompiéndole al mismo tiempo el corazón en pedazos.

Clarissa hizo lo único que pudo para enfrentarse al dolor. Imitó la frialdad, el tono distante de él.

–Asumo que has quedado satisfecho con la prueba. Debes de estar muy complacido de haber descubierto que eres el primero.

Ferruccio soltó una carcajada cruel.

–No tienes ni idea de cuánto. Déjame demostrarte lo complacido que estoy.

Él se levantó de la cama y la llevó en brazos al baño, donde había preparado un baño de burbujas. La metió en el agua, la bañó y la curó. La recorrió con las manos, poseyéndola, haciéndola sentir al mismo tiempo vulnerable y poderosa. La saboreó y la devoró. La hizo retorcerse, suplicar. La obligó a observar cómo le introducía la mano entre los muslos. Sus dedos sabían dónde tocar y cuánta presión ejercer, entrando y saliendo, acariciando, hasta hacerla llegar al orgasmo.

Mientras ella gritaba de placer, Ferruccio le devoró los labios, cambiando el ritmo de sus dedos, llenándola de renovado deseo. Él rugió de satisfacción y la llevó a la plataforma de mármol que había junto a la bañera. La tumbó de espaldas, con las piernas abiertas y colgando por el borde de la mesa. Se colocó las piernas de ella sobre los hombros, con la boca a la altura de su parte más íntima.

–Ábrete para mí, *amore*. Tengo hambre.

Sin pensárselo dos veces, Clarissa se abrió para él. Abrió sus piernas, su corazón.

Ferruccio se inclinó para saborear su carne húmeda, la acarició con la lengua, la mordisqueó, chupó y apretó hasta que ella sintió que algo dentro de su cuerpo estaba a punto de explotar. Retorciéndose de placer, llegó de nuevo al clímax. Él absorbió con su boca cada espasmo, introduciéndole la lengua hasta que ella comenzó a elevarse otra vez en brazos de la locura más exquisita. Lista para llegar otra vez a lo más alto.

Mirándola a los ojos, Ferruccio la levantó de la mesa, empapada en sudor, agua del baño y vapor condensado. La secó, la llevó de vuelta al dormitorio y la tumbó en la cama. La luz de la luna y las velas bañaba su cuerpo de tonos oro y plata.

Entonces, se alzó sobre ella, le levantó las piernas y se las colocó alrededor de las caderas, levantando la mitad inferior del cuerpo de ella. Él se puso de rodillas. Y entró en su cuerpo.

Ferruccio lo sabía. Sabía que ella necesitaba con desesperación tenerlo dentro. Necesitaba sentir su fricción, su erección. Él se lo dio todo. La empaló hasta el corazón.

Clarissa gritó suplicando más, rogándole que se uniera a ella en aquel mar de placer. Él lo hizo y llegó al orgasmo entre rugidos de rendición.

Ferruccio se acostó a su lado. La ternura había vuelto a sus ojos, a sus manos. Toda su frialdad había ardido en el fuego de lo que acababan de compartir, pensó Clarissa.

Y, a lo largo de la noche, Ferruccio siguió dándole placer de muchas maneras. Con cada caricia, con cada palabra, le confesó su deseo, admitió que era incapaz de darse por satisfecho. Lo mismo le ocurría a ella.

El sol del mediodía entraba por las ventanas cuando Clarissa se despertó. Estaba sola en la cama.

Se incorporó de un salto, buscando a Ferruccio.

Lo encontró de pie al otro lado de la cama, vestido, con las manos en los bolsillos, mirándola.

A Clarissa se le encogió el corazón. ¿Él había vuelto a su actitud de frialdad de nuevo?

Los ojos de Ferruccio le dijeron que así era. Luego, sus palabras lo confirmaron.

–La noche de prueba ha resultado ser mutualmente placentera, así que voy a pasar a la siguiente fase lógica. El matrimonio.

Capítulo Siete

Clarissa se levantó despacio.

El dolor que sentía entre las piernas le obligaba a moverse con cuidado. Además, creía estar a punto de hacerse pedazos en cualquier momento.

Buscó sus ropas sin mirar a Ferruccio y se fue al baño.

Se quedó allí una hora, intentando recuperar la compostura.

Cuando salió, se lo encontró al otro lado de la habitación, sentado ante su escritorio. Caminó hasta él, repitiéndose para sus adentros las palabras que había planeado decirle.

Se detuvo delante de él y las recitó.

–Quiero agradecerte tan tremenda iniciación, pero ahora te exijo que mantengas tu parte del trato, te conviertas en príncipe heredero y me dejes en paz.

Ferruccio sonrió sin mucho interés.

–Esto empieza a resultar aburrido. ¿Cuándo vas a pensar antes de hablar? Sabes, más que nunca, que no te queda más opción que formar parte de mis planes. Yo no tengo otra opción que casarme contigo, además. El que fueras virgen nos deja a los dos sin más opciones.

–Que yo fuera virgen no quiere decir que tengamos que casarnos.

–Haberte tomado dos veces, sin usar protección, sí –replicó él–. Podrías estar embarazada.

El mundo pareció detenerse para Clarissa. Digirió sus palabras y supo que él tenía razón. Se sintió caer por un precipicio.

–Aunque lo esté, no es responsabilidad tuya. Soy una mujer adulta y todo lo que pasó fue con mi consentimiento. Si estoy embarazada, yo misma me encargaré de ello.

Ferruccio esbozó un gesto agresivo y se puso en pie, acercándose.

–¿Te encargarás? ¿Con un aborto? ¿O piensas dar al bebé en adopción?

Aquél debía de ser su punto débil, pensó ella. ¡Cómo se atrevía a creerla capaz de cualquiera de esas dos opciones!

–Si estoy embarazada, tendré al niño y lo amaré durante el resto de mi vida. No necesitas preocuparte.

–No sabes nada de mí, ¿verdad? Ningún hijo mío va a crecer como un bastardo.

–¡Qué visión tan anticuada! –gritó ella–. Hay millones de madres solteras que crían solas a sus hijos.

–Guárdate tus opiniones sobre las ventajas de ser madre soltera hasta que no lo experimentes tú misma –le espetó él y apretó los labios–. Y no debes hablar por el niño. ¿Acaso tú, que has gozado de tener a ambos padres, privarías a tu hijo de la misma seguridad? Tú, una princesa de un país conservador donde los valores familiares son importantes, ¿te atreverías a ser una madre soltera? ¿O te irías de Castaldini para hacerlo? ¿Para qué? ¿Para no tener que rendirte a mí? ¿Para poder despreciarme?

Clarissa se encogió al escuchar sus palabras, su rabia. Levantó un brazo de forma instintiva, para protegerse.

Al instante, Clarissa bajó el brazo, rezando porque él no se hubiera dado cuenta.

Pero él se daba cuenta de todo.

La miró como si ella le hubiera asestado un golpe mortal.

–*Dio santo,* creías... ¿creías que iba a... golpearte? –preguntó él.

Ella apartó la vista.

–¡Clarissa! Mírame. ¿Pensaste que lo haría? ¿No sabes que preferiría cortarme ambos brazos antes de ponerte la mano encima con nada que no sea pasión?

–La rabia es pasión –murmuró ella.

–No, la rabia es una debilidad –replicó él–. Expresarla como abuso físico es un crimen. Yo nunca haría tal cosa. Pero estoy seguro de que alguien te ha golpeado antes. ¿Quién fue? Te exijo que me digas quién fue ese cerdo.

–Déjame, Ferruccio.

Él la agarró del brazo, deteniéndola.

–Nunca voy a dejarte en paz. Y tú vas a decirme quién te ha asustado tanto como para quisieras protegerte de mí. Sé que no te ha pasado una sola vez, ha sido algo repetido. Has llegado a pensar que la violencia es la única forma en que alguien puede expresar su disgusto.

–Déjame ir, maldita sea.

–No te dejaré ir hasta que me digas quién te golpeó.

–¿Y piensas sujetarme, detenerme físicamente, para someterme a tu voluntad? ¿Crees que eres mejor que la persona que me golpeó?

Ferruccio la soltó de golpe y ella se sintió perdida.

–Bien, no me lo digas –dijo él entre dientes–. No me costará mucho adivinar quién es. No has tenido ninguna relación con hombres, así que no debe de ser un extraño. Tiene que ser alguien de la familia. Y sólo puede ser una persona. Tu padre.

–No.

–Sí. ¿Quién más podía haber salido impune después de maltratarte? Tus hermanos no pueden haberlo hecho. Los conozco bien. Voy a hablar con él.

–Ferruccio, no te acerques a él.

–No te preocupes, no le haré probar su propia medicina, aunque en mi opinión está tan indefenso como estabas tú de niña, cuando te maltrataba. Pero yo sé cómo hacer más daño que con golpes físicos. Destronaré a ese maldito cerdo y lo mandaré al exilio. ¡Nunca más le dejaré acercarse a ti!

–Te equivocas. Él… no… –balbuceó Clarissa, a punto de desmayarse.

–No lo defiendas, Clarissa, o mi castigo para él será más duro y más severo.

–Sólo quieres castigarlo, pero no por mí, sino por ti.

Ferruccio se quedó paralizado.

–¿Por qué dices eso?

–Crees que él tiene la culpa de que tu familia no te reconociera y me usas como excusa para vengarte de él.

Él dejó escapar una áspera carcajada.

–No podría importarme menos el reconocimiento de mi supuesta familia. Los dos D'Agostino que forman parte de mi vida no lo hacen a través de lazos de sangre, sino a través del respeto mutuo y la confianza. En cuanto al resto del gran clan D'Agostino, no me importa nada lo que piensen de mí, ni lo que les pase, ni lo que hagan. De hecho, creo que si yo hubiera crecido entre esa gente, me habrían hecho la vida imposible. Creo que, al esconderme de ellos, tu padre me ha protegido de su interferencia y su influencia negativa. Así que no quiero castigarlo por haber impedido que mi familia me reconociera. Lo castigaré por ti y sólo por ti.

Clarissa lo agarró del brazo.

–No te acerques a él, ¿me oyes? O… ¡no te dejaré acercarte a mí nunca más!

–Te maltrató…

–¡No lo hizo! ¡Él me protegió!

–¿De quién? ¿Quién podría tener acceso a ti, una princesa, para que tu padre, el rey, tuviera que protegerte de él?

–Era mi madre –confesó Clarissa al fin, llorando.

Ferruccio se quedó estupefacto. La miró con gesto de horror y confusión.

–¿Cómo? *Dio*… ¿por qué?

–Déjalo estar, Ferruccio.

–Tú no lo dejaste estar cuando me despertaste de mi pesadilla. Querías saber qué pasaba, ayudarme. ¿Crees que yo voy a ser menos?

–Como tú dijiste, son cosas del pasado. Ocurrió hace más de veinte años.

–Pero tú lo conservas vivo en tu recuerdo. Lo experimentaste con la impresionable psique de una niña.

Ella hizo una mueca.

–Recuerdas muy bien mis palabras, ¿no es así?

–Deberías saber que no me distraigo fácilmente cuando tengo la atención puesta en algo. Cuéntamelo.

–Tú no me contaste nada. ¿Por qué iba a hacerlo yo?

–Te lo contaré todo hasta el último detalle. Lo único que tienes que hacer es preguntarme. Ahora, empieza a hablar.

Ella sabía que Ferruccio acabaría sacándoselo de una manera u otra. Así que se rindió.

–Tenía problemas con mi padre...

–¿Y se descargaba contigo?

–Tenía un trastorno mental, creo.

–¿Crees? ¿No la diagnosticaron? ¿No recibía tratamiento?

–Mi madre nunca admitió que la pasara nada. Al parecer, estaba muy enferma. Mi madre era muy hermosa y había tenido pretendientes desde la adolescencia. Su padre, un hombre rico e influyente, creía que todos sus pretendientes eran cazadores de dote. Así que los echaba y, luego, la golpeaba para enseñarle «disciplina». Mi abuelo, entonces, arregló su matrimonio con mi padre, millonario y futuro rey de Castaldini, alguien digno de su única hija. Todo fue como un cuento de hadas. Tuvieron dos herederos varones para continuar el linaje de sus familias. Pero las cosas fueron de mal en peor entre mi padre y ella. Parece que me concibieron durante uno de sus últimos intentos de vivir como pareja. Un intento que fracasó. Después de que yo naciera, se separaron de forma extraoficial y mi madre cebó toda su rabia en mí.

–Usó a una pobre niña inocente como antídoto a su fracaso matrimonial. Y, cuando eso no le resultó bastante, comenzó a castigarte por ello.

Clarissa suspiró.

–A veces, pienso que eres adivino. Bueno, ahora... ya lo sabes. ¿Por qué no dejamos el tema?

–¿Y seguimos con el otro tema que estábamos discutiendo antes de distraernos? Todo a su debido tiempo. No has terminado la historia. Cuéntame cuál fue el papel de tu padre en ello. ¿Dónde estaba él cuando tu madre te maltrataba sistemáticamente?

–Él era el rey y tenía trabajo que hacer, un trabajo muy complejo, como sabrás, si algún día cae en tus manos. Mi madre me tenía en sus aposentos y él no tenía ninguna razón para pensar que nada fuera mal. Aparte de seguir todos mis pasos y controlar mis acciones hasta que tuve cinco años, mi madre parecía estar sana. Pero tengo que admitir que yo era muy traviesa. Era hiperactiva y rebelde. Nunca respondía, hasta que ella me gritaba o me sacudía, nunca obedecía, hasta que me amenazaba o me castigaba. La verdad es que pienso que yo la llevé al borde de la desesperación.

–Eso te dijo ella, ¿verdad?

–Sí. Cuando empezó a pegarme de veras. Me dijo que yo me portaba tan mal que la obligaba a hacerlo.

–Es la excusa de todos los maltratadores. Todos dicen que su víctima les obliga a hacerlo.

–Supongo que sí. Ella... ella también decía que me odiaba por parecerme a mi padre y que a él lo odiaba por haber dejado de amarla –confesó Clarissa. Hizo una pausa, tragó saliva. Sus dientes comenzaron a castañetear–. Luego, todo se terminó, sin más. Pocos días después de mi octavo cumpleaños, Mario entró en la habitación sin llamar y la encontró... la encontró...

–Pegándote. ¿Cómo te pegaba, Clarissa?

–¿Cómo pega la gente? Como todos.

–Yo he pegado a mucha gente en mi vida. A abusones más grandes que yo o a personas iguales a mí que me atacaban primero. Pero, como yo golpeo para poner fin a una agresión, golpeo fuerte y a la cara. Ella no tocaba tu cara, ¿verdad? Por eso nadie se daba cuenta, porque no te dejaba marcas. Te cubría de la cabeza a los pies con ropas y decía que te quemabas con facilidad por el sol, pero lo que estaba haciendo era ocultar los moretones que te había hecho. No estaba tan loca después de todo, ¿no crees?, pues cometía su crimen con mucho cuidado y premeditación.

Clarissa se quedó sin aire. Ferruccio había puesto en palabras lo que ella nunca había querido aceptar.

–¿Cómo te estaba golpeando cuando Mario entró?

–Ella… estaba golpeándome en el estómago.

Ferruccio soltó un gruñido de furia, como el de un león enojado.

–¿La golpeó él?

–¿Habrías golpeado tú a tu madre en la misma situación?

Ferruccio apretó los dientes.

–*Maledizione*… sí.

–Pues Mario no es como tú. Él no estaba acostumbrado a la violencia ni a emplear los puños. Además, él la adoraba. Se quedó conmocionado al ser testigo de lo que ella estaba haciendo. Él había creído que ella me amaba y que vivía sólo para mí. La sujetó mientras mi madre lo escupía, le daba patadas y le gritaba que lo odiaba, también, por parecerse a nuestro padre. Luego, Mario me sacó de allí, se fue a hablar con mi padre y le exigió que me apartara de mi madre para siempre. Mi padre lo hizo. Me llevó a vivir con él y, desde entonces, he estado a salvo.

–¿Qué le pasó a tu madre?

–Ella… se rindió. En todos los sentidos.

–Maltratarte era lo único que la mantenía viva, ¿eh?

–Por favor, Ferruccio. A pesar de todo, era mi madre.

–Ella perdió el derecho a ser tu madre la primera vez que descargó en ti su rabia y sus frustraciones.

–Si eso se aplicara a todo el mundo, nadie tendría madres ni padres.

–Tú sabes a qué me refiero –dijo él con una mueca–. Ella te maltrataba de forma repetida, sistemática, cada vez con más saña. Podía haberte matado.

–No creo que hubiera llegado tan lejos –continuó Clarissa–. Después de unos años, yo me convertí en una especie de cuidadora para ella, hasta que fui a la universidad. Había dejado de ser la mujer que me había maltratado… y yo… yo la quería.

–¿Cómo podías querer a alguien que te había asustado tanto?

–Era mi madre… También hubo buenos tiempos, como tú dijiste. Y, en general, me siento más afortunada que la mayoría de las mujeres que conozco. También tengo unos hermanos maravillosos, estoy sana, vivo en un palacio de cuento de hadas y soy la hija del mejor rey y el mejor padre del mundo. Seguro que cualquier otra mujer estaría encantada de estar en mi lugar –afirmó ella con vehemencia–. Además, creo que, al final, no salí tan mal después de todo.

–Ya sabes que yo pienso que estás mejor que bien.

–Ya, ya, claro.

–Sí, Clarissa. Y, si no lo crees, recuerda lo que me has estado haciendo durante toda la noche, y eso que no tenías experiencia –señaló él–. Lo que nos lleva al punto original de la discusión. Di que sí, Clarissa.

¿Cómo podía hacerlo?, se preguntó ella. En realidad la conversación que acababan de tener estaba muy relacionada con ello.

Clarissa se había pasado seis años huyendo de Ferruccio, porque sabía que caería bajo su embrujo y que no podría salir nunca de él. Y había tenido razón. Después de la noche que habían compartido, sentía que él formaba parte de su sangre, de su respiración.

Pero Ferruccio no podía amarla. Lo mismo le había sucedido a su propio padre. El rey amaba a sus hijos, a su pueblo, pero no había sido capaz de amar a la mujer que literalmente había perdido la cabeza por él. Su padre y Ferruccio tenían eso en común. Ambos eran grandes hombres pero, en lo relativo a las mujeres, parecían incapaces de amar de verdad.

Pero él tenía razón, como siempre, pensó Clarissa. Si estaba embarazada, debía poner los intereses de su hijo primero. Igual que había hecho su madre. Aunque ella no seguiría nunca el mismo camino de degeneración psicológica que había seguido su madre. Nunca volcaría sus frustraciones ni su dolor en su hijo. Haría todo lo posible para ser la mejor madre del mundo.

De todos modos, debía hacer un último intento para salvarse.

–Si estoy embarazada, me casaré contigo. Si no, te convertirás en príncipe heredero sin meterme en la ecuación.

¿Es que no escarmentaba?, se reprendió a sí mismo Ferruccio.

Un tornado de furia y humillación lo sacudió.

Ella había conseguido hacer sonar el matrimonio como una amputación, una medida drástica que sólo tomaría si todo lo demás fallaba.

Ferruccio se esforzó por mostrar una fachada de indiferencia, mientras intentaba analizar sus opciones.

E hizo una contraoferta.

–Nos casaremos, ahora. Yo esperaré a que estemos casados para tomarte de nuevo. Te daré tiempo –dijo él y esbozó una tentadora sonrisa–. Y… haré que nuestra noche de bodas haga palidecer lo de anoche.

Ferruccio vio cómo los pezones de ella se endurecían a través de su blusa y su sujetador. Supo que su cuerpo estaba deseando que la poseyera de nuevo, que la satisficiera. Pero no volvería a tomarla hasta que ella no le suplicara. Otra vez.

–Si lo deseas, utilizaré protección, o puedes usarla tú si quieres. Si ya estás embarazada, nuestro matrimonio inmediato impedirá que haya especulaciones respecto a la concepción del bebé. Si no lo estás y sigues sin quedarte embarazada durante los seis meses siguientes, consideraremos que nuestro matrimonio ha fracasado y nos separaremos de forma discreta. Y, si algún día uno de nosotros quiere el divorcio para casarse con otra persona, lo haremos de manera civilizada.

Clarissa se quedó boquiabierta y Ferruccio se alegró de haberlo hecho sonar como si no estuviera desesperado porque ella aceptara. Le había ofrecido una salida para que no entrara en pánico y no pudiera negarse.

Pero conseguiría que ella no se negara, se dijo él. Nunca. Sería suya. Para siempre.

Aquél era su principal objetivo a partir de ese momento.

Y él siempre se salía con la suya.

Capítulo Ocho

–Ya nada va a ser lo que era.

Clarissa hizo una mueca. El comentario de su amiga mientras miraba a Ferruccio al otro lado del salón de baile hizo que tuviera una sensación de *déjà vu*.

Aunque no tenía razones para ello. Aparte del mismo escenario y las mismas caras, la situación era radicalmente opuesta.

Entonces, él había sido un desconocido en la corte del rey. En ese momento, estaba allí en calidad de futuro rey.

Otra diferencia importante era que, en el pasado, Clarissa había podido escapar de él. En el presente, sin embargo, no encontraba ninguna manera de escapar. Ni a él, ni a su propia debilidad, ni a la certeza de que lo amaba sin solución. Por eso, había aceptado casarse.

En el momento en que lo había hecho, el día anterior, Ferruccio la había llevado ante su padre el rey y ante el consejo para anunciar su decisión de contraer matrimonio de inmediato.

La reunión había tenido lugar en la cámara de asambleas generales y Ferruccio había afirmado que necesitaba sólo seis días para preparar una boda a la altura de su princesa y futura reina.

Entonces, el rey había hecho otro anuncio todavía más impactante. Abdicaba.

Benedetto había pedido que Ferruccio fuera coronado mientras él viviera. Y el mismo día en que se casara con Clarissa.

–¿Así que crees que cinco días son suficientes para prepararnos para el cambio? ¿No puedes convencer a tu prometido para que nos dé más tiempo? Yo diría que algo como esto necesita, al menos, un par de semanas para prepararse.

–Ay, Luci, cállate –dijo Clarissa.

–Ya conoces el secreto de mi silencio. Cuenta.

–¿Qué quieres que te cuente? Ya lo sabes todo.

–No he nacido ayer, ya sabes. O me lo cuentas o voy a hablar con tu imponente novio y le pido su versión de los hechos. ¿Qué dices?

–Me pidió que me casara con él y yo acepté. ¿Qué más quieres saber?

–Te has acostado con él, ¿no es así?

Clarissa miró atónita a su amiga. Sabía que Luci era directa, pero no se había esperado que ésa fuera su primera pregunta.

–No me respondas –continuó Luci–. Sé que sí. Se te nota.

–¿Sí?

–Sí. Y a él, también. ¿Te acuerdas de la primera noche que lo miraste desde el otro lado del salón? Fue como si hubiera un campo de atracción entre los dos. Por eso me quedé tan anonadada cuando se acercó a mí y a Stella y cuando tú intentaste fingir que él había dejado de existir. Sobre todo, cuando sabía que no dejabas de pensar en él.

–Parece que todo el mundo lee la mente últimamente.

–Yo, no.

Clarissa cerró los ojos al oír la voz a su espalda. Antonia. Justo lo que necesitaba, verse acorralada por las dos al mismo tiempo.

–Te aseguro que yo no me lo esperaba. No tan rápido, en cualquier caso. Cuando te dije que no lo dejaras escapar, te lo tomaste en serio, ¿verdad, *ragazza impertinenta*?

–No es una niña impertinente –protestó Luci–. Es una mujer muy malvada. ¡No me quiere contar los detalles!

Clarissa rezó porque pudiera tragarla la tierra.

–Sí, cuéntanos los detalles. Te fuiste una noche y volviste con él del brazo, con una prisa obscena por casaros y sin dejar de miraros –comentó Antonia–. Debió de haber sido una noche salvaje, para ganarte a un hombre como Ferruccio Selvaggio.

Clarissa se atragantó, conmocionada.

–Y yo que pensaba que eras una conservadora y una recatada, Antonia...

–¿Yo? ¿Conservadora? A tu edad, había tenido tres amantes y, luego, me casé dos veces. Que Dios los tenga en su gloria.

–¿Antonia, conservadora? –intervino Luci–. ¡Pero si es una viuda negra!

Antonia y Luci se miraron la una a la otra. Luci, con gesto de reto impertinente y Antonia con expresión de «ya arreglaremos cuentas».

Entonces, Antonia suspiró.

–Eras el sueño de cualquier niñera. Creciste como una joven que nunca se metía en líos. Pero cuando te fuiste haciendo mayor, tu forma de vida empezó a ser demasiado puritana. Yo sufría porque estuvieras perdiendo tu vitalidad y tu sexualidad, sobre todo con ese pedazo de hombre revoloteando a tu alrededor. Ahora me pregunto si no habrá sido todo un maléfico plan tuyo.

–¿Crees que he sido sexualmente activa y que te lo he ocultado?

–Si tenías relaciones sexuales y no era con él, entonces has sido toda una tonta –opinó Antonia.

–Pues te alegrará saber que no he sido una tonta, ni con él ni con nadie.

–Hasta hace dos días, te hubiera creído –señaló Luci y le dio un golpecito en el pecho–. Pero ahora... Has cambiado, pareces otra... Tengo que reconocerlo, todas las mujeres deberíamos encontrarnos un Ferruccio. O un Mario. O un Leandro. Tú tienes mucha suerte –afirmó, con ojos brillantes–. Bueno, ahora, dime... ¿cuánta suerte has tenido? En una escala del uno al cien...

Clarissa posó los ojos en Ferruccio, al otro lado de la sala. Él le devolvió la mirada mientras seguía hablando con el embajador de Castaldini en Francia.

–Un millón.

Las dos mujeres se quedaron boquiabiertas. Antonia estalló en carcajadas.

–¡Lo sabía!

Luci se abanicó con fuerza.

–Hablando del rey de Roma...

El corazón de Clarissa se aceleró al ver que Ferruccio se acercaba. Se dio cuenta de que las otras dos mujeres se iluminaban con admiración, excitadas por lo que estaban a punto de presenciar. El sonido ambiente en la sala de baile disminuyó. Al parecer, todo el mundo quería observar la interacción entre sus futuros rey y reina.

Ferruccio llegó detrás de ella y la envolvió con sus brazos, posó los labios en su cuello y la besó.

–*Ti manco?*

Que si lo había echado de menos... Clarissa se había pasado la noche anterior retorciéndose en la cama, presa de la fiebre del deseo, echándolo de menos. Estaba segura de que él lo sabía. Pensó un momento qué respuesta podía darle.

¿Fingir indiferencia y decirle que no? ¿Provocarlo? ¿Por qué? ¿Mostrarse furiosa?

Entonces, Clarissa encontró la mejor respuesta.

Se giró entre los brazos de su prometido, le rodeó el cuello con los suyos, le hizo bajar la cabeza y lo besó en los labios.

Después de un segundo de sorpresa, él gimió y la penetró con su lengua, besándola en profundidad.

En una nube, disfrutando de dejarse llevar, de mostrarle lo que sentía de veras, Clarissa creyó escuchar un ruido a su alrededor. Eran vítores y aplausos.

Cuando Ferruccio la dejó respirar, mirándola como si estuviera a punto de echársela al hombro y llevarla a su cama, ella se giró hacia sus amigas.

Antonia empezó a abanicarse junto a Luci.

–¡Ahora sé que Castaldini no volverá a ser nunca como antes!

–Yo lo sabía incluso antes de este beso histórico.

Los cuatro se giraron y se encontraron con Mario caminando hacia ellos, aplaudiendo, con una enorme sonrisa en el rostro. Leandro se acercaba un poco más atrás, con aspecto divertido también.

Los tres hombres se reunieron con alegría y, ante las bromas de Leandro y Mario, todos estallaron en carcajadas.

Clarissa se maravilló al ver lo unidos que estaban los tres hombres y lo mucho que tenían en común. Ella sabía que Ferruccio era amigo de Mario, pero no había intuido lo íntima que era su amistad. Y con Leandro pasaba lo mismo.

Una oleada de amor y calidez recorrió a Clarissa cuando Ferruccio la atrajo a su lado con gentileza, besándola en la cabeza con suavidad. Aquel gesto la conmovió porque se dio cuenta de que él lo había hecho sin darse cuenta mientras estaba sumergido en la conversación con los otros dos hombres.

Antes del soltarla, Ferruccio le apretó la mano. Entonces, se giró hacia Luci.

Luci parpadeó. Clarissa sabía lo que la pobre chica estaba sufriendo. Cualquier mujer, por muy leal y buena amiga que fuera, se estremecería sólo de estar en su presencia.

–*Signorina* Montgomery –dijo Ferruccio con tono serio de pronto–. Como todas las personas que me importan están presentes, es hora que le ofrezca mis disculpas por el modo inapropiado en que la ofendí la primera vez que nos conocimos.

Luci se sonrojó. Luego, sonrió con malicia.

–Vaya, chico. ¿Así que te acuerdas?

–No se olvida de nada, créeme –señaló Clarissa.

–¿De qué estáis hablando? –quiso saber Leandro.

–La primera vez que apareció en la corte, nos hizo proposiciones a Stella y a mí incluso antes de saludarnos o de presentarse –explicó Luci con aire risueño–. A las dos al mismo tiempo, no sé si me entiendes.

Mario miró a Ferruccio atónito.

–¿Qué? Si Luci no estuviera diciéndolo contigo

aquí delante, habría puesto la mano en el fuego porque era mentira. ¿Estabas drogado o algo así?

Ferruccio posó los ojos en Clarissa.

–Estaba drogado por la droga más fuerte que existe. Me disculpo ante todas… las afectadas.

Clarissa se estremeció. Entonces, ¿por qué lo había hecho? ¿Qué había sido lo que le había impulsado a actuar así?, se preguntó.

–¿Stella incluida? –preguntó Luci, interrumpiendo los pensamientos de Clarissa.

Ferruccio lanzó una mirada a la aludida. Stella había aprendido a mantener las distancias después de que Leandro hubiera cargado contra ella por haber intentado interferir entre él y Phoebe.

–Me disculpo sólo ante los seres humanos, no ante las víboras.

–Has descubierto su verdadera personalidad antes que Mario y que yo –comentó Leandro, riendo.

–Comparadas con la mía, vuestras vidas han sido demasiado fáciles, yo he tenido más oportunidades de aprender a reconocer a los malvados.

–¿Quién ha tenido una vida fácil? –dijo Mario, arqueando una ceja.

–Vosotros dos –repuso Ferruccio, sin inmutarse.

Mario le dio una palmadita en el pecho.

–Sólo por haber dicho eso, vas a tener que rogarnos un poco si quieres que hagamos de ángeles guardianes para ti en el consejo.

Leandro sonrió con malicia.

–Tendrá que rogarnos mucho.

–Yo no ruego –replicó Ferruccio con seguridad–. Lo que haré será tomaros a mi servicio.

–Sigue soñando, compañero –repuso Leandro.

Mientras todos reían, Gabrielle la esposa de Mario, comenzó a acercarse a ellos como una mariposa en busca de su marido, sonriente.

Desde donde estaba, Clarissa era la única del grupo que podía verla. Ya la había visto un par de veces antes de que se casara con Mario, cuando ella había estado en Estados Unidos en misión diplomática.

Clarissa sonrió. Aunque no se conocían mucho, Gabrielle le caía muy bien. Tenía esperanzas de que terminara siendo una buena amiga para ella, igual que Phoebe, la cuñada de su hermano Paolo y esposa de Leandro. Lo único que ella necesitaba para querer a Gabrielle era ver lo feliz que hacía a su hermano Mario.

Entonces, Clarissa vio que Gabrielle posaba los ojos en Ferruccio.

A Clarissa se le encogió el corazón al ver que la sonrisa de Gabrielle se desvanecía. Se quedó de piedra al ver que Ferruccio se ponía tenso y se giraba, como si hubiera presentido la presencia de Gabrielle a su espalda.

Clarissa no sabía qué pasaba. Sólo percibió una reacción instantánea e intensa por parte de ambos.

Pero no parecía atracción.

Presa de la confusión, Clarissa observó cómo Gabrielle se forzaba a sonreír y tomaba del brazo a su esposo, frotándose contra él como un gatito. Leandro la tomó entre sus brazos con satisfacción y le dio un apasionado beso.

Se hicieron las presentaciones oportunas. Ferruccio miraba a Gabrielle con algo de lo que Clarissa no lo había creído capaz. Ternura.

Eso la desconcertó todavía más.

Dio, ¿qué estaba pasando?

Pronto, el grupo se dispersó y Ferruccio llevó a Clarissa a la terraza donde habían tenido su primera conversación.

Ella decidió hablarlo directamente. Antes de que le estallara la cabeza. Lo miró a los ojos.

–Te gusta Gabrielle, ¿verdad?

Él pareció sorprendido por un momento. Al parecer, no había esperado que ella se diera cuenta, pensó Clarissa. Luego, se encogió de hombros.

–Es muy agradable –afirmó él y sonrió–. Y tú eres muy excitante, más aún cuando te pones celosa.

–¿Intentas distraerme?

–Sólo porque te equivocas al pensar mal. Y preferiría aprovechar el tiempo haciendo algo más útil, como hablar sobre la ropa interior de la noche de bodas.

–¿Me equivoco?

–¿Crees que no? –replicó él–. ¿Crees que me atrae tu cuñada?

–N-no –admitió ella–. No me pareció eso.

–Porque no me atrae. Tú sabes muy bien que eres tú quien me gusta. Gabrielle es encantadora y me gusta mucho ver cómo quiere a Mario y lo felices que son.

–Entonces... ¿estabas examinando a la esposa de tu amigo, para ver si merecía tu aprobación?

–Gabrielle merece la aprobación de Mario. Como tú la mía.

–¿D-de veras? ¿Realmente quieres esto, Ferruccio?

–Puedo demostrarte ahora mismo lo mucho que estoy... sufriendo debajo de mis pantalones para no ir por ahí demostrándole al mundo lo que realmente quiero, *mia bella unica* –afirmó él y la apretó contra su erección–. Si quieres... pruebas sólidas, puedo cambiar mi decisión de no tener sexo hasta después de la boda... Pero si no quieres que todo el palacio te oiga tener un orgasmo detrás de otro, es mejor que te vayas ahora mismo. Y que te mantengas fuera de mi territorio durante los próximos cinco días si no quieres que me lance a tu cuello y te posea como un salvaje.

Ella soltó un grito sofocado y se giró para no lanzarse a su cuello y no dejarse poseer como una salvaje.

Pero él la agarró del brazo antes de que se fuera.

–¿Recuerdas la primera vez que estuvimos aquí, en esta terraza?

Clarissa asintió.

–Te juro que un día te haré el amor en el mismo sitio donde me rechazaste por primera vez –afirmó Ferruccio y la soltó–. Pero no será hoy. Ahora corre, antes de que pierda el control y le demos a la gente de la corte buenos motivos para escandalizarse.

Clarissa corrió, con los tacones golpeando el suelo de mármol al ritmo de los latidos de su alocado corazón.

Antes de que pudiera llegar a las puertas de la terraza para entrar en palacio, él la llamó.

–Para la boda... ponte tantas capas de ropa como puedas.

Ella se giró despacio.

–¿Por qué? Hace calor.

–Va a hacer mucho más calor –prometió él–. Y elige bien la ropa interior. Y, sobre todo, descansa, pues vas a necesitar todas tus energías a partir de ahora.

Clarissa sintió ganas de desafiarlo. No iba a dejar que él llevara siempre la batuta de la provocación.

–Gracias por las instrucciones, futuro esposo –le respondió ella–. Éstas son las instrucciones de tu futura reina. No te pongas colonia ni loción para después del afeitado. Quiero olerte. Y nada de... calzoncillos. Quiero sentir la prueba de tu deseo. Y no te cortes el pelo. Nunca más. Hasta que yo te lo diga. Quiero poder enredar los dedos en tu cabello mientras me das placer.

Ferruccio rugió con un aumento en sus niveles de testosterona.

Clarissa se giró y entró en palacio, escuchando a sus espaldas el sonido de las carcajadas fuertes y sensuales de su prometido.

Capítulo Nueve

–¡Pareces una reina!

Clarissa observó su reflejo en el espejo. Tenía que admitir que Antonia tenía razón.

Se sentía como una persona nueva, una mujer de verdad y una reina. Aquel vestido se ajustaba a su piel como un guante. No era de extrañar. Había posado durante horas interminables para una docena de diseñadores mientras le tomaban las medidas. Y el resultado era… increíble.

La parte superior del vestido parecía una segunda piel y el escote dejaba los hombros al desnudo, acentuando sus curvas y apretando su cintura. La falda le moldeaba las caderas y caía en capas de un tejido extraligero de tul, encaje y una capa de seda opaca. Todo el vestido estaba con perlas y pequeñas cuentas de cristal que formaban el escudo de Castaldini en la falda.

Clarissa miró a Luci y Gabrielle mientras le colocaban la cola. Cuando terminaron, se apartaron un poco para admirarla. Phoebe, muy embarazada, aplaudió desde el sofá. Antonia se acercó para añadir el toque final, la tiara de Castaldini.

Clarissa vio los ojos llenos de lágrimas de Antonia en el espejo mientras le ponía la tiara. Un velo de tul caía por detrás de la corona.

Clarissa sabía que Antonia se sentía como la madre de la novia. Y ella también sentía como si lo fuera. Pero las lágrimas de Antonia tenían más profundidad. No sólo estaba viendo que la hija que nunca había tenido se iba a casar e iba a ser coronada reina al mismo tiempo, también debía de estar recordando la tragedia que había sido la vida de su madre, lo mal que había terminado todo.

La madre de Clarissa había llevado esa misma tiara siempre que había aparecido en público, hasta que había empezado a vivir alejada de los actos de la corte, poco después de quedarse embarazada de Clarissa. Mario había insistido en que su hermana se quedara con la joya, le había dicho que, cuando fueran a coronar a la siguiente reina, él mandaría hacer una réplica.

Clarissa le había dicho a su hermano que no necesitaba recuerdos, pero él había insistido.

Ella no había podido despreciar aquel detalle por parte de su hermano y había aceptado las cajas que contenían la corona junto con el resto de tesoros personales y joyas de su madre. Nunca había abierto esas cajas, sin embargo. Y no quiso preguntar quién lo había hecho para sacar la corona.

Como ella misma iba a ser reina, la corona había dejado de ser un recuerdo. Le pertenecía de forma oficial.

¿Iría acompañada de la mala suerte de su madre?

Antonia le puso las manos sobre los hombros y suspiró.

–Ah, *cara mia,* estás preciosa.

Clarissa hizo una mueca, intentando dar ligereza al momento y no dejarse contagiar por la fragilidad de su niñera.

–El hábito hace al monje, ¿verdad? Para tu alivio, claro. Al fin has conseguido que parezca de la realeza.

Antonia protestó con indignación.

–Siempre lo has hecho. Siempre ha sido la princesa más hermosa y refinada del mundo.

Al mirarse en el espejo, Clarissa reparó en algo más. Siempre había creído que el color blanco no le sentaría bien, al acentuar la palidez de su piel. De hecho, nunca había prestado mucha atención a su aspecto, pensando que no merecía mucho la pena. Al verse entonces, reconoció que había estado subestimándose a sí misma durante demasiado tiempo, y todo a causa de los abusos que había sufrido en su infancia. Le habían hecho incapaz de valorar sus propias cualidades.

Pero eso iba a cambiar. Ante el espejo, apreció el tono dorado de su piel, los cientos de tonos color oro de su cabello y pensó que el color blanco le hacía parecer más radiante, más vital.

Y se dio cuenta de algo más. No era efecto del vestido. Hacía diez días, la opulencia y glamour de aquellas ropas sólo hubieran servido para acentuar su baja autoestima.

Su nueva seguridad era, por completo, obra de Ferruccio. El recuerdo de Ferruccio, adorándola en cuerpo y alma, le hacía estremecer. Había comenzado a verse a sí misma a través de sus ojos, llenos siempre de apreciación.

De pronto, un estruendo sobresaltó a todas las mujeres allí reunidas.

Era la orquesta real, tocando el himno nacional que marcaba el inicio de las ceremonias. La coronación comenzaría dentro de veinte minutos.

Clarissa se giró, entrando en pánico.

–Amigas, gracias por vuestra ayuda. Por favor, ¿podéis dejarme unos minutos a solas?

–¡La reina ha hablado! Vámonos, chicas –dijo Luci y ayudó a Phoebe a levantarse del sofá–. Es mejor que no huyas en cuanto nos demos la vuelta, ¿de acuerdo?

Clarissa le sacó la lengua. Pero, en cuanto la puerta se hubo cerrado detrás de las mujeres, su sonrisa se desvaneció. Bajó los hombros.

Luci no había estado bromeando del todo. Su amiga había intuido el torbellino interior que sufría Clarissa. Sin embargo, Luci no podía comprender la razón. Ella quería a Ferruccio, quería estar con él durante toda la vida, con toda su alma. Eso la aterrorizaba. Como Ferruccio había dicho una vez, la caída desde una altura así podía ser terrible.

Clarissa respiró hondo y se acercó al espejo.

En su reflejo, observó el cambio que se había obrado en ella, como Luci le había dicho. Su ingenuidad e inconsciencia habían desaparecido. Sus ojos ya no mostraban los miedos y las inseguridades de una niña, sino las infinitas posibilidades de la pasión. La intensidad de su mirada delataba que un hombre poderoso la había marcado para siempre.

Parecía diferente. Parecía una mujer que, al fin, había descubierto todos los sentimientos que una mujer era capaz de sentir. Una mujer perdidamente enamorada que temía que su amor pudiera perderse para siempre.

Clarissa bajó la mirada al collar que adornaba su cuello. Era un regalo de Ferruccio.

En su nota, Ferruccio le había escrito que lo había encargado hacer él mismo y que los mejores joyeros de Castaldini lo habían terminado trabajando noche y día durante los últimos días.

El intricado diseño era una obra de arte. La increíble belleza y el brillo de aquella pieza de veinticuatro quilates eran impresionantes. Estaba decorado con cinco amatistas hexagonales y trece diamantes de setenta y cinco quilates cada uno, sesenta y nueve diamantes más pequeños de cincuenta quilates y muchos más pequeños, de veinte quilates. El juego se completaba con unos pendientes, un brazalete y un anillo.

Clarissa no podía ni imaginar cuánto costaría. Una vez, una amiga le había dicho que se había comprado un anillo con un diamante de cinco quilates por doscientos mil dólarcs, así que el precio de aquel collar debía de ser equivalente a toda la deuda pública de Castaldini.

Pero el dinero no era problema para Ferruccio. Lo que conmovía a Clarissa era que se hubiera preocupado de elegir el diseño y que hubiera acertado con algo que combinaba a la perfección con sus ojos y su cabello.

Un hombre capaz de complacerla de tantas formas diferentes no podía terminar destruyéndola, intentó creer Clarissa.

Con aquel pensamiento dándole fuerzas, salió por la puerta. Sus damas de honor la estaban esperando allí mismo con cierta inquietud.

Clarissa rió.

–¡Ay, Luci! ¡Seguro que las has asustado diciéndoles que pensaba escapar por el balcón!

–Sé que eres capaz de cualquier cosa –replicó Luci, colocándole el velo.

–Es la hora, vamos hacia allá –les apresuró Phoebe–. Si me seguís teniendo de pie mucho tiempo, ¡tendré que ver la boda por televisión desde la maternidad del hospital!

Todas las mujeres rieron y se apresuraron a ir a la sala del trono.

Con cada paso, Clarissa sintió que estaba corriendo hacia su futuro. Un futuro que, por primera vez, podía imaginar.

Su corazón se llenó de alegría y optimismo.

Y echó a correr.

Emocionadas, las damas de honor corrieron detrás de ella.

La sala del trono era enorme, del tamaño de una catedral. Su techo abovedado era una obra de arte de arquitectura. El diseño combinaba elementos moriscos, góticos y barrocos en una simbiosis perfecta, adornado por frescos originales renacentistas.

Clarissa pensó que el esplendor del palacio no era nada comparado con el del hombre que pronto sería su rey.

Caminó delante de la procesión nupcial, sin ramo en la mano. Quería tener las manos libres.

La comitiva de la novia pasó entre cientos de personas congregadas para ser testigos de la coronación, casi todos nobles y miembros de la extensa familia D'Agostino. Clarissa y sus damas de honor se sentaron en la primera fila.

Después de la coronación, su puesto debía estar

al lado de su esposo, en el trono. Durante largos años, sin embargo, en vida de su madre, aquel puesto había estado vacío. Clarissa meneó la cabeza de forma imperceptible. No debía perder más tiempo pensando en el pasado.

Las trompetas sonaron, anunciando la llegada de Ferruccio.

Cuando Clarissa lo vio entrar, todo lo demás desapareció para ella.

Era el hombre que amaba. Al que había amado desde la primera vez que lo había visto.

Él entró por la puerta norte, caminó con largos y poderosos pasos hacía el altar.

Ella había visto en docenas de cuadros, entre ellos el retrato de su padre, la vestimenta negra y dorada de la coronación, con su diseño morisco y sus bordados, su capa color carmín y la espada. Pero a Ferruccio le quedaba de forma diferente.

Él daba a las ropas una magnificencia nueva, más espléndida todavía. La luz del sol de la mañana lo bañaba a través de las ventanas de la sala, haciendo que su piel y su cabello negro brillaran, junto con los toques dorados de su atuendo. La capa roja con el escudo de Castaldini bordado en oro le colgaba de los hombros, completando el efecto majestuoso. Parecía un hombre nacido para ser rey.

Mientras Ferruccio se acercaba, Clarissa percibió un movimiento a su lado.

Mario y Paolo estaban ayudando a su padre a levantarse. También él iba a hacer algo por primera vez en la historia de Castaldini: abdicar.

Nunca había sido coronado un rey en vida del rey anterior.

Los jefes del consejo se acercaron al trono del rey para llevar a cabo la transferencia de poder y los rituales de la coronación.

Entonces, Ferruccio se salió de su camino.

Los dejó a todos atónitos, sin saber qué hacer.

Clarissa se quedó de piedra, viendo cómo se acercaba.

Ferruccio se detuvo ante ella. Ella dejó de respirar.

Él se inclinó, tomó las manos sudorosas de ella, hizo una reverencia y le plantó un beso en cada mano. Luego, se enderezó.

–¿Vamos, *regina mia*?

¡Su reina!

–¡Pero tienes que ser coronado primero!

–Voy a ser rey dentro de unos minutos. Yo decido qué se hace primero. Y quiero que, primero, te sientes en tu lugar, en el trono. Luego, me reuniré contigo.

Clarissa se dio cuenta de que todos a su alrededor lo estaban escuchando. A juzgar por el murmullo que recorrió la sala, todo el mundo lo había oído.

Ferruccio parecía no tener ojos para nadie que no fuera ella. Le tendió el brazo y la llevó a la plataforma donde iba a celebrarse la ceremonia, cubierta con una alfombra roja con el escudo de Castaldini.

Se detuvo ante el trono de la reina, mirándola a los ojos con intensidad.

–Éste es tu trono, Clarissa. Y esta corona es tuya también, y de nadie más.

Ella no lo entendió al principio. Enseguida, cayó en la cuenta, conmocionada.

Era… demasiado. No era posible. ¿O sí? ¿Cómo? ¿Cuándo? ¿Por qué?

–¿Quieres decir que…? –balbuceó ella, atragantándose con las palabras.

Ferruccio apretó las manos de ella entre las suyas.

–Los he mandado hacer para ti. Todo lo que tienes es tuyo, Clarissa, de nadie más.

Aquel trono no era el trono en que se había sentado su madre. Ni su corona era la que había llevado su madre. Ferruccio lo había comprendido. Había intuido cómo se sentiría ella al pensar que ambas cosas habían estado teñidas por la infelicidad de su madre. Y había mandado hacer unos nuevos, limpios de influencias del pasado.

Clarissa se sentó en el trono, regalo de su rey. Tenía ante sí un comienzo nuevo y puro, un futuro que sólo ellos escribirían.

Sin duda, aquello significaba que Ferruccio no se casaba con ella por conveniencia, si había llegado tan lejos para anticiparse a sus deseos, para calmar sus miedos y sus ansiedades. ¿O no?

Ferruccio se inclinó y la besó en los párpados como ella había hecho en su primera noche juntos. Y sonrió.

–Cuanto antes terminemos con los formalismos, antes podrás mostrarme lo mucho que te has esforzado en elegir la ropa interior –le susurró él.

Clarissa sonrió con labios temblorosos mientras él se alejaba. Los ojos se le llenaron de lágrimas de gratitud. Le corrieron por las mejillas al contemplar a los dos hombres más importantes de su vida, su padre y Ferruccio, asegurar el futuro de su amado Castaldini. Su padre pasó la corona a su futuro esposo. Su rey.

***

–*Dio*, ¿quién es toda esa gente? –preguntó Clarissa, mirando al anfiteatro romano, abarrotado.

El anfiteatro se erguía sobre una colina frente al palacio real. Había sido arreglado y adornado con espléndidas banderas. Estaba lleno a rebosar, de invitados y de fotógrafos de todo el mundo, además de cámaras de televisión que habían ido a retransmitir la boda en directo.

Cada detalle había sido preparado por Ferruccio en sólo seis días.

–Son tus súbditos y tus parientes, reina mía.

–También son parientes tuyos. Y súbditos tuyos más que míos. Han venido porque tú los has invitado. ¿Ves aquellas seis damas de allí? –preguntó ella, señalando a seis mujeres que estaban emocionadas saludándola con la mano–. Son mi contribución a la multitud.

–Lo sé. Tus amigas de la universidad.

¿Cómo lo sabía él?, se preguntó Clarissa.

–Me tomé la libertad de devolver los billetes de avión que les enviaste y les mandé mi jet privado.

–Cielos, Ferruccio, qué cosas haces. No sé si sentirme encantada o alarmada.

–Siéntete encantada. No tienes nada por lo que alarmarte. Nunca haré nada que tú no quieras.

–Bueno, por la conversación que tuvimos hace muy poco tiempo, me pareció lo contrario.

La sonrisa de él se desvaneció y Clarissa deseó no haber hablado.

–Pensé que habíamos dejado atrás las hostilidades, que habías aceptado lo positivo de la situación.

¿Eso era lo que estaba haciendo él? ¿Aceptar lo positivo de la situación? De pronto, la euforia y el optimismo que Clarissa había sentido se esfumaron y se sintió desesperanzada.

Los dos se sentaron en silencio en los tronos, hasta que la guardia real escoltó al cardenal de Castaldini ante ellos.

De pronto, Ferruccio rompió el silencio.

–Es muy apropiado casarme contigo aquí, Clarissa. Un lugar adecuado para casarse con una leona, el mismo donde hace siglos los gladiadores luchaban con los leones para salvar la vida.

–También aquí se hacían sacrificios ante depredadores como tú, para que los devoraran –replicó ella, intentando darle un tono provocativo y ligero a sus palabras.

–Bueno, sacrificio mío, ¿qué parte de ti quieres que devore primero? –dijo él con una sonrisa.

Los dos rieron y se pusieron en pie para recibir al cardenal.

Todo el mundo quedó en silencio y el cardenal, ante los novios, levantó la voz para recitar los votos de matrimonio típicos de Castaldini.

El clérigo hizo una pausa, esperando que Ferruccio repitiera las palabras después de él. Ferruccio hizo una seña para que continuara.

Con aspecto de estar confuso pero sin querer contradecir a su nuevo rey, el cardenal continuó. Pero, cuando llegó a la parte de los sí quiero, Ferruccio lo detuvo. Clarissa estaba tan confundida como el pobre cardenal.

Ferruccio se giró hacia ella.

–He repetido suficientes salmos hoy. Esta promesa quiero hacerla con mis propias palabras –explicó él y levantó la voz antes de continuar–. Clarissa D'Agostino, leona mía, reina mía, salvadora mía, ¿quieres que yo sea tu defensor y tu refugio, tu apoyo, tu aliado y tu amante?

Ella se quedó mirándolo boquiabierta.

Como respuesta, se lanzó a sus brazos y lo abrazó con todas sus fuerzas.

Él la abrazó también, suspiró.

–Pues soy todo tuyo, *mia bella unica* –le susurró él al oído.

La multitud se puso en pie en una sonora ovación.

Cuando el revuelo se hubo calmado, los dos se sentaron en sus tronos. Clarissa temblaba tanto que apenas podía ponerse en pie. Entonces, vio que Ferruccio miraba a un lado y ella siguió su mirada.

El corazón se le encogió a Clarissa al ver que él tenía los ojos puestos en Gabrielle. Gabrielle lo miró también y él le guiñó un ojo con expresión de complicidad.

Antes de que Clarissa pudiera alarmarse, Gabrielle se volvió hacia Mario y habló con él. Mario meneó la cabeza y Gabrielle esbozó un puchero. Entonces, Mario suspiró en un gesto de derrota, se levantó, se giró y caminó al escenario. Gabrielle dedicó una sonrisa triunfante a Ferruccio. Él le respondió haciendo una señal de victoria con los dedos.

Clarissa no podía estar más confundida.

Mario subió al escenario.

–Me las pagarás por esto, Ferruccio –les susurró Mario, sólo para sus oídos.

–¿Qué está pasando? –preguntó Clarissa a Ferruccio, agarrándolo del brazo.

–Mira. O, mejor, escucha –repuso él con una sonrisa.

Mario se puso delante de la multitud.

–Esto se lo dedico a mi hermana y reina, Clarissa.

Y empezó a cantar.

¿Cantar? ¿Mario? ¿Se habían vuelto todos locos?

Clarissa no se dio cuenta de que tenía la boca abierta hasta que Ferruccio se la cerró con una caricia.

Él había conseguido que Mario cantara delante de todo el mundo. Era la primera vez que Clarissa lo escuchaba. ¡Y cantaba como un ángel!

Cuando Mario terminó el aria *Nessum dorma*, «nadie dormirá», de la ópera *Turandot* de Puccini, la multitud irrumpió en aplausos enloquecidos.

Clarissa se puso en pie, se acercó a su hermano y lo abrazó con fuerza. Entonces, vio a su padre, en la silla de ruedas, con la cara húmeda por las lágrimas. El público comenzó a pedir un bis.

Mario sucumbió y cantó algo más ligero de *Le nozze di Figaro*, de Mozart, y los recién casados lo escucharon hipnotizados, como el resto de los presentes.

Al terminar, Mario se acercó a ellos. Besó a su hermana y le estrechó la mano a Ferruccio.

–Seas rey o no, amigo mío o no, Ferruccio, si no haces feliz a mi hermana, eres hombre muerto.

Ferruccio sonrió y miró a su esposa.

–Mi vida depende de ti ahora.

Si fuera por ella, viviría para siempre, quiso decir Clarissa, pero fue incapaz de hablar.

Ferruccio le tomó la mano.

–Me gustaría poder haber cantado para ti, pero eso no sé hacerlo.

Clarissa quiso decirle que le había dado más de lo

que ella podía haber imaginado nunca. Pero no lo hizo, pues estaba a punto de ponerse a llorar de emoción.

–No te preocupes. Los leones no cantan muy bien –dijo ella, sonriendo–. Pero gimen, rugen y ronronean bastante bien.

Ferruccio se puso en pie y la tomó en sus brazos, con ojos de fuego.

–Es hora de llevarte a mi guarida, *leonessa mia.*

Capítulo Diez

Ferruccio la llevó a su mansión, la besó con pasión después de quitarle el velo y le soltó el pelo. Pero le dejó la corona puesta. Luego, le quitó la cola con tortuosa lentitud.

Clarissa preguntó si la tomaría allí mismo, en el salón. Pero, de pronto, Ferruccio se puso en pie, la besó en la nuca y se fue.

Diez minutos después, ella lo llamó a voces. Él no respondió.

Presa de la confusión, Clarissa se dio cuenta de algo que estaba delante de ella. Una caja grande, envuelta en violetas, con un sobre a juego.

Clarissa corrió a abrir el sobre.

Dentro, había un papel color violeta, su color favorito.

Lo desdobló. Estaba escrito a mano por él. Leyó sus palabras, sintiendo como si se las estuviera susurrando en el oído.

He resucitado la antigua costumbre de nuestro país de jugar al escondite en la noche de bodas. Pero he introducido un elemento nuevo. En vez de que el novio persiga a la novia, tú, leonessa mia, *me perseguirás a mí. Yo ya me he pasado seis años corriendo detrás de ti.*

¿Acaso creías que te ibas a librar de tu parte del trato?

Sin embargo, como no soy una jovencita indefensa, te daré algunas pistas para que puedas pescarme.

Mi primera pista es: ¿Dónde te besé por primera vez?

Clarissa se quitó las sandalias de tacón, las sujetó en una mano y con la otra se agarró la falda del vestido. Salió corriendo por el mismo camino que habían tomado aquella primera noche.

Una vez más, disfrutó de la sensación de la arena bajo los pies y deseó que él estuviera corriendo a su lado.

Llegó al lugar donde habían cenado y encontró la carpa levantada. En medio, en vez de la mesa, encontró una enorme concha de mar, cerrada.

La abrió y encontró la siguiente pista.

¿Cómo sabías dónde estaba la noche en que te hice mía?

Clarissa supo de inmediato la respuesta. Entonces, se había dirigido al oeste. Así que volvió a dirigirse al oeste.

Cuanto más se alejaba de la mansión, más oscura estaba la noche, iluminada sólo por la luz de la luna. Entonces, lo vio a lo lejos. Un camino hecho con velas. Se agarró la falda un poco más y corrió.

El camino terminaba en unas escaleras de piedra que subían por la falda de la montaña que se veía desde la casa. ¿Tanto había corrido?, se preguntó. Menos mal que estaba en buena forma.

Clarissa escaló, entendiendo por qué él se había molestado en quitarle la cola del vestido antes de desaparecer.

Al llegar a la cima, vio lo que la esperaba. Un edificio con forma de observatorio, bajo la luz de la luna.

Corrió hacia la puerta y la encontró abierta. Entró con la adrenalina invadiéndole el cuerpo. Nunca se había sentido tan excitada. Tan viva.

Se puso las sandalias de nuevo y siguió la luz.

Con cada paso, tenía la sensación de estar adentrándose en un sueño. Siguió el camino que marcaba una hilera de velas y encontró la siguiente pista en medio de una habitación iluminada sólo por velas.

Ahora sigue lo que significa tu nombre.

Su nombre. Clarissa significaba «claro» o «brillante». Pero sólo había oscuridad delante de ella. ¿Qué otra cosa emitía luz?

La luna. ¿Pero cómo podía ir hacia la luna?

Entonces, tuvo una idea. Tenía que encontrar ventanas. Siempre que viera la luna por ellas, estaría en el buen camino.

Encontró las ventanas, siguió la luna. Eso le condujo a otra sala iluminada con velas, rodeada por ventanas de cuerpo entero que dejaban pasar la brisa nocturna. Una cama enorme cubierta de satén violeta yacía en el lado oeste de la sala. En el lado este, había una mesa dispuesta con comida, como la que habían disfrutado en su cena junto al mar.

Ferruccio entró desde la terraza.

–Sabía que eras lista.

Su voz atravesó a Clarissa, mezclada con el murmullo de la brisa y del mar.

Ferruccio se acercó a ella, despacio, con sus ropas de rey. Ella no pudo soportarlo y comenzó a correr hacia él. Pero él levantó una mano, indicándole que parara. Ella se paró y empezó a temblar de deseo.

–Quítate una prenda para mí, *regina mia*. Tu ropa ha cumplido su propósito. Lleva todo el día tentándome y volviéndome loco. Se ajusta a la perfección a la belleza de tu cuerpo y te ha estado acariciando todo el día, mientras yo no podía. Ahora quiero que te deshagas de ella.

–¿N-no quieres quitármela tú?

–Desvestirte es mi principal objetivo en la vida, además de poseerte y darte placer. Pero no sería considerado arrancarte unas prendas tan delicadas...

–Son fáciles de quitar.

Ferruccio la miró con excitación. Ella se giró para mostrarle la parte trasera del vestido, echando las nalgas hacia atrás con gesto provocativo.

–Si bajas la cremallera, el vestido se cae solo.

Ferruccio rugió de excitación.

–O puedo levantarte la falda y darte lo que me estás pidiendo.

Clarissa casi se puso de rodillas para rogarle que lo hiciera.

–Y lo haré. En algún momento durante la noche, te volveré a poner ese atuendo tan virginal y te montaré hasta que te desmayes de placer una vez más. Todo a su tiempo.

Un calor húmedo inundó a Clarissa.

–Ahora, muéstrame tu belleza al desnudo.

Clarissa consiguió bajarse la cremallera de la parte trasera del vestido con gran agilidad. El deseo era un excelente acicate. El vestido se le cayó de los hombros. Ella lo sujetó antes de que llegara al suelo.

–Déjalo caer, Clarissa. Déjame ver qué ropa interior llevas.

Y ella obedeció.

Ferruccio se quedó mirando. Boquiabierto.

Él le había dicho que escogiera bien su ropa interior. No había imaginado algo así.

Y allí estaba ella. De pie con su porte regio e imponente, con sandalias transparentes y las joyas que él le había regalado, en medio del charco del blanco vestido. Totalmente desnuda.

Ferruccio quiso echarse sobre ella, devorarla. Pero se contuvo. Quería saborear la noche más despacio. Y ver cómo ella iba a él, ganando en ese excitante juego de seducción.

–Una decisión muy… ingeniosa, *regina mia.*

Ella salió del vestido que se extendía en el suelo a su alrededor y se acercó a él.

–Eres única e irrepetible.

–Me alegro de tener tu aprobación.

Clarissa llegó al medio del salón, bañada por la luz de la luna, y se detuvo. Él gimió, llamándola. Estaba sólo a tres metros de distancia.

Pero ella no se movió.

–Muéstrame tu magnificencia, rey mío.

Ferruccio sintió el impulso de arrancarse las ropas como un loco. Sin embargo, echó mano de todo su autocontrol y se desabrochó la capa. La sacudió por encima de los hombros como un torero. Luego, se quitó el cinto y la espada, se desabotonó la chaqueta muy despacio y la dejó caer al suelo. A continuación, hizo lo mismo con la camisa. Cuando iba a empezar con los pantalones, Clarissa corrió a él.

Ella le agarró las manos, deteniéndolo.

–Es mi turno.

Ferruccio la recorrió con la mirada cuando ella se agachó delante de él. La visión de sus glúteos desnudos, la suave curva de su espalda, su piel radiante y su pelo bajo la luna casi lo volvió loco. Ella le bajó los pantalones, liberando su pronunciada erección.

Clarissa intentó tocarlo, pero él dio un paso atrás, lanzó los pantalones a un lado, se quitó los zapatos y los calcetines. Entonces, la tomó en sus brazos.

Ella soltó un grito sofocado mientras él la transportaba a la cama, que había colocado junto a la ventana, con vistas al mar y a la montaña.

Ferruccio la puso sobre la cama y la vio rebotar en las sábanas violetas, como una diosa de deseo a punto de hacerle perder la cabeza.

Él se tumbó a su lado y ella lo recibió con los brazos extendidos. Ferruccio le recorrió con labios y lengua los pechos, el abdomen y más abajo, llevándola al borde del clímax, haciéndola suplicar que la invadiera por completo. Pero él se resistió, deleitándose en saborear sus pezones, lentamente.

Clarissa lo agarró y lo rodeó con las piernas, con todo el cuerpo. Lo besó en la boca con profundidad, hundiéndole los dedos en la piel, inundándolo con su pasión.

Él apartó los labios y se estremeció al ver en los ojos de su esposa el mismo fuego que lo consumía.

–No puedo soportarlo… entra dentro de mí.

Ferruccio tuvo que reconocer que él tampoco podía esperar. Alargó la mano y tomó un paquete de preservativos de la mesilla.

–No –pidió ella cuando iba a sacar el preservativo de su continente.

¿Estaría usando ella su propio método anticonceptivo?, se preguntó Ferruccio.

Pero no importaba la razón. Clarissa lo quería tener piel con piel, sin barreras. Y aquello era un regalo para él.

Así que tiró el preservativo y la besó con frenesí.

–Lléname –imploró ella.

Ferruccio se incorporó entre las piernas abiertas de ella. La tocó con un dedo, luego con dos. Estaba empapada. Llevó su erección a la entrada y la apoyó allí un momento, intentando controlar su prisa por penetrarla. Debía tomarse su tiempo, se dijo él, para no lastimarla en esa ocasión.

–Toma lo que quieras de mí –susurró él y comenzó a penetrarla, animado por las constantes súplicas de ella.

A Ferruccio se le nubló la vista en un estallido de placer, al entrar en su calor y su apretado interior de terciopelo.

Clarissa se estremeció y se abrió más para él.

–Eres mía y sólo mía. Siempre lo serás –rugió él.

Entre gritos de gozo, Clarissa le agarró de la cabeza, sin dejar de mirarlo a los ojos, para demostrarle lo mucho que le estaba gustando.

–Eres… maravilloso… dentro de mí –susurró ella, haciendo que la excitación de él creciera todavía más–. Nunca pensé que tanto placer fuera posible. Dámelo todo, como me prometiste, *amore*, tómalo todo.

Ella lo apretó en su interior, pidiéndole que se moviera más deprisa, con más fuerza. Él tuvo que obedecerla.

Los gritos de Clarissa fueron en crescendo hasta que se arqueó, presa de fuertes espasmos de placer. Al ver cómo la estaba satisfaciendo, Ferruccio también llegó al orgasmo, al mismo tiempo, desde lo más hondo de su ser.

Rezando porque su semilla anidara en el vientre de ella, se derramó en su interior, disparando el paroxismo de su amante. Oleadas de éxtasis los envolvieron, encerrándolos en un círculo vicioso de placer.

Entonces, el tumulto de su pasión dio lugar a la calidez de la satisfacción. Él notó cómo ella se derretía bajo su cuerpo, plena y radiante.

–*Moglie mia* –murmuró él en sus labios, girándola para colocarla encima.

–*Marito mio, re mio.*

Ferruccio escuchó con orgullo cómo lo llamaba su esposo, su rey.

Clarissa levantó la cabeza y sonrió.

–Pensé que la primera vez había sido mágica. Ahora no hay palabras para describir lo que me haces sentir, lo que me das.

–Lo mismo digo –repuso él, lleno de orgullo y felicidad.

–No hace falta que mientas. Tu experiencia... –balbuceó ella, bajando la mirada.

–No es nada comparable con esto –le interrumpió él–. Si tú tuvieras experiencia, sabrías a qué me refiero. Esto ha sido mucho más que sexo... una pasión cegadora, enloquecedora, todopoderosa.

Clarissa onduló su cuerpo, de nuevo mecido por las olas del deseo, en una sinuosa petición.

Él la tomó entre sus brazos, dispuesto a continuar con su plan de seducción y sensual esclavitud.

Clarissa estaba acurrucada a su lado, repleta y saciada, sonriendo mientras dormía.

Aquella noche había cambiado su vida para siempre, pensó Ferruccio.

Ella había cambiado su vida en los últimos diez días. Lo había convertido en un hombre irreconocible. Y le gustaba la nueva persona en que lo había transformado.

Y ese hombre nuevo no podía esperar para experimentar cada segundo de su creciente pasión, para rendirse a la magia que ardía entre los dos.

Durante las seis semanas siguientes, Ferruccio había estado sumergido en su trabajo, intentando poner en su lugar cientos de problemas que habían ido surgiendo tras la enfermedad del rey. Mientras, Clarissa lo había ayudado con su experiencia como consejera y analista política. Su simbiosis parecía perfecta.

En ese momento, Ferruccio le había dicho a su mujer que descansara, que se reuniría con ella pasados unos momentos.

Al entrar en el ala de palacio que Ferruccio había transformado en su nido de amor, Clarissa se encontró conteniendo el aliento. Su esposo había resultado ser el mejor rey que Castaldini podía desear.

Lo único que, en opinión de Clarissa, había sido un defecto en su carácter había sido su corazón de acero. Sin embargo, en las últimas semanas eso parecía haber desaparecido. Como rey, era cercano y justo, como gobernante, era tolerante y paciente. Como esposo y amante, era… indescriptible.

¿Cómo podía ser real un hombre así?, se preguntaba ella, sin estar segura de qué motivos tenía para tratarla con tanto mimo.

Clarissa no había usado protección en sus encuentros sexuales porque no había querido dañar al hijo que, tal vez, llevaba en sus entrañas. También había querido disfrutar del máximo de intimidad entre ellos y había esperado que todo aquel placer tuviera sus frutos.

Pero no había sido así. Había tenido el periodo.

Él no había dicho nada, pero Clarissa había notado su decepción.

¿Qué pasaría si ella no era capaz de tener hijos? ¿Y si pasaban los seis meses que él había prescrito y seguía sin estar embarazada? ¿Decidiría él que su matrimonio no tenía sentido y se desharía de ella?

Clarissa se sintió mareada sólo de pensarlo.

Se sentó y la cabeza empezó a darle vueltas.

–¡Clarissa!

Ferruccio llegó a su lado a tiempo para impedir que cayera. Había perdido el conocimiento durante unos segundos.

–Clarissa, *amore*, ¡estás enferma!

–Sólo necesito dormir un poco –replicó ella–. Ya sabes, dedico todas las horas de sueño a darme banquetes con Su Majestad.

–Voy a llamar al médico –dijo él con gesto serio.

Veinte minutos después, Clarissa estaba en la cama, siendo examinada por cinco médicos. Ella estaba segura de que no hacía falta, pero no servía de nada oponerse a las decisiones de Ferruccio.

Aunque a él sólo le preocupara la salud de la potencial madre de sus hijos, se dijo ella con un suspiro.

***

Ferruccio se pasó las manos por el pelo, nervioso.

Había estado preguntándose si Clarissa habría olvidado su trato original y si querría continuar su matrimonio a pesar de todo.

Todo había estado fluyendo como en un sueño entre ellos. Un sueño del que él temía despertar. Pero, en ese momento, estaba dispuesto a aceptar cualquier cosa menos que algo malo le sucediera a Clarissa.

–Majestad.

Ferruccio se giró. Los cinco médicos lo estaban esperando.

–Majestad, ¿se encuentra bien?

–Hablad –les ordenó Ferruccio, sin responder.

–Felicidades, Majestad. La reina está embarazada.

Ferruccio los miró, sin dar crédito.

–¡No puede ser! ¡Acaba de tener el periodo!

–Eso sucede, a veces, durante el primer par de meses del embarazo –explicó otro de los médicos–. Pero no significa nada, ni afecta al embarazo –añadió–. Según nuestros cálculos, la reina concibió en la noche de bodas.

Ferruccio sólo pudo pensar en Clarissa. Y una convicción lo asaltó. Sabía que ella había concebido la primera vez que habían hecho el amor.

Se sintió envuelto en un torbellino de amor y gratitud.

Al entrar en la habitación, Ferruccio intentó calmar su excitado corazón. Se encontró con Clarissa de espaldas a la puerta con aspecto de estar hundida. Ella estaba... llorando.

A Ferruccio se le cayó el mundo a los pies. ¿Acaso ella no deseaba ese hijo?

Sólo de pensarlo, él comenzó a temblar. Eso sería

el golpe más duro que había recibido en toda su vida. Se apoyó en la pared, sintiéndose como un rascacielos a punto de caer. Los ojos le ardían, los tenía empapados... ¿Estaba llorando? ¿Él?

Era la primera vez que Ferruccio lloraba. De todos los horrores que había tenido que sufrir a lo largo de su vida, ninguno le había hecho llorar. Hasta ese momento.

El rechazo de Clarissa le dolía más que nada.

Él se había entregado sin reparos, sin protegerse. Había creído en su amor y había estado seguro de que ella sentiría lo mismo por él.

Pero ella lo despreciaba, pensó Ferruccio. Se había casado con él por compromiso y aborrecía la idea de ser madre de su hijo.

Ferruccio sacó fuerzas de flaqueza, se incorporó y se acercó a Clarissa.

No importaba lo que él sintiera. Ella era su esposa. Su reina. La madre de su hijo.

Así que estaba embarazada, se dijo Clarissa. Sabía que había sido en la primera noche que había pasado con él. Era, al mismo tiempo, lo mejor y lo peor que le podía haber pasado, pensó ella, presa de la angustia.

Ya no tenía forma de saber si Ferruccio seguía manteniendo su matrimonio por ella o por su hijo.

Clarissa se había estado engañando, diciéndose que podía vivir a su lado sin conocer sus verdaderos sentimientos. ¿Y si él nunca llegaba a amarla? ¿Y si, como Ferruccio había anticipado en el trato que habían hecho, un día decidía separarse de ella?

–Clarissa –llamó él en un susurro.

Clarissa se giró de golpe y esbozó una temblorosa sonrisa. ¿Qué estaría él pensando?, se preguntó. ¿Por qué tenía una mirada tan sombría?

Dio... Ferruccio no se alegraba de la noticia, se dijo ella.

–*Congratulazioni, futura mamma.*

Clarissa intentó incorporarse para echarse a sus brazos, pero Ferruccio la detuvo, para que descansara. Ella estuvo a punto de romper a llorar de nuevo, pensando que no quería abrazarla. Lo miró a los ojos, sabiendo que él debía de estar notando su desasosiego.

–No, no te muevas. Tienes que descansar hasta que los médicos nos aseguren que estás a salvo cien por cien –dijo él–. Ahora, descansa –añadió y se levantó–. Tengo que volver al trabajo, pero si necesitas algo, llámame. Te daré lo que tú quieras.

Pero Clarissa sólo lo quería a él.

Sin embargo, no consiguió expresar aquel sentimiento y se quedó mirando cómo él se iba.

Ferruccio no había dicho cómo se sentía acerca del bebé. ¿Acaso no quería tener vínculos que lo ataran a ella?, se preguntó Clarissa. ¿Era eso lo que le había pasado a su madre, por lo que se había vuelto loca y había destruido su propia vida y la infancia de su hija?

Pero no. Ella no era como su madre. Siempre querría a su bebé, a pesar de que Ferruccio no la amara a ella.

Clarissa terminó de regar las plantas y se sentó a leer una revista sobre maternidad.

–Clarissa.

Ella se giró al escuchar la voz de Mario, impregnada de furia.

–Mario, ¿qué te pasa...? –preguntó ella y se quedó helada al verlo. Estaba... lívido. Pero no parecía preocupado, sino loco de rabia.

Clarissa sospechó lo peor. ¿Ferruccio y Gabrielle...?

–Tenía que verte, antes de que los mate a los dos.

–Mario, no –rogó ella, echándose a sus brazos, temiendo que su peor sospecha fuera cierta.

–Esos dos bastardos merecen morir.

¿Dos bastardos? ¿Mario estaba hablando de dos hombres? Uno sería Ferruccio, pensó Clarissa. ¿Y el otro? ¿Gabrielle tenía más de un amante?

–Tienes que saber lo que ha pasado –dijo Mario con impetuosidad–. Antes de casarme con Gabrielle, nuestro padre me confesó que había tenido una amante. Yo hice algunas investigaciones y descubrí que la amante del rey había sido la madre de Gabrielle. Yo me volví loco, pero luego me di cuenta de que Gabrielle no tenía nada que ver con la aventura de nuestros padres. Pero olvidé parar la investigación. Hace un par de días, el jefe de la agencia me ha llamado para decirme que la madre de Gabrielle dio a luz un hijo hace treinta y ocho años en Nápoles y que lo entregó en adopción. Mis sospechas me impulsaron a hacer pruebas de ADN. Los resultados son conclusivos. Ése hijo es Ferruccio. Es hijo de nuestro padre.

Capítulo Once

El mundo de Clarissa se había convertido en un absoluto caos de locura.

En ese momento, llegó Ferruccio.

Miró a Clarissa y a Mario. Cerró los ojos, comprendiendo lo que pasaba.

Entonces, Ferruccio corrió hacia Clarissa para tomarla en sus brazos.

–*Amore*, no es lo que crees.

Mario lo detuvo, agarrándolo de la solapa.

–No te atrevas a tocarla, bastardo. Dime a mí lo que tengas que decir, antes de que te mate.

Con un rápido y certero movimiento, Ferruccio se quitó a Mario de encima.

–Había pensado llevarme el secreto a la tumba, pero me has acorralado, Mario, y no puedo dejar que penséis lo que estáis pensando. Tengo que contaros la verdad.

Ferruccio supo que no podía seguir guardando el secreto. Se le rompió el corazón sólo de pensar que Clarissa iba a quedar desolada con su confesión. Habría hecho todo lo posible para protegerla. Pero no había otra salida.

–Sí, soy el hijo del rey –admitió Ferruccio, jadeando, y se preparó para soltar la bomba que destrozaría a Clarissa–. Eres tú, Clarissa, quien no es su hija.

Clarissa se desmayó.

Antes de que pudiera caer al suelo, Ferruccio la sujetó y comenzó a rogarle con desesperación que volviera en sí. Mario le agarró del brazo.

–¿Es eso cierto?

–¿Crees que mentiría sobre algo así? Si lo crees, ¿por qué no tomas un cabello de Clarissa y haces más pruebas de ADN?

–*Dio*… ¿qué clase de padres tuvimos? –dijo Mario, tambaleándose.

–Seguimos teniendo uno. Al menos, tú y yo. Los dos de Clarissa han muerto.

Ferruccio la llevó en sus brazos como si fuera de frágil cristal, al dormitorio. Llamó a los médicos para que la examinaran.

Luego, se sentó a su lado en la cama, donde no habían dormido juntos durante la última semana. Él había estado deseando hacerlo, pero no había querido ser quien iniciara los acercamientos después de la noticia del embarazo. Había preferido esperar a que ella lo reclamara, dejarla que hiciera las cosas a su ritmo.

En ese momento, lo único que quería era tumbarse a su lado y abrazarla, protegerla de todo.

–¿Por qué no me has dicho nunca que eras mi hermanastro? –preguntó Mario, que no se había ido todavía.

Ferruccio se giró hacia él, incapaz de hablar.

–Por ella, ¿verdad? –adivinó Mario–. No querías que ella supiera que no era hija de quien creía.

–Quería decírtelo, pero mi amor por ella era más grande. Me contentaba con tenerte como amigo.

Mario le dio un afectuoso apretón en el hombro.

–Mejor amigo y, ahora, hermano.

–Sí, hermano, pero ahora, ¿podrías dejarnos a solas?

Cuando Mario estaba en la puerta, Ferruccio lo llamó.

–Y deja en paz al rey Benedetto.

–¿Cómo sabías que iba a enfrentarme a él ahora mismo? –preguntó Mario.

–Lo digo en serio, Mario. No quiero que él sepa que Clarissa conoce la verdad. Se ha pasado toda la vida protegiéndola de la verdad. Sólo le haría sufrir. Debemos mantener todo esto en secreto.

–De acuerdo.

–Ahora, por favor, vete. Déjame atender a mi esposa.

–La quieres igual que yo quiero a Gabrielle, ¿verdad? –preguntó Mario con alivio–. Morirías por ella.

–Por supuesto. Ahora, vete.

Mario se fue con una sonrisa.

Y Ferruccio se olvidó del resto del mundo. Abrazó a su mujer e hizo lo que había querido hacer durante la última semana, acurrucarse a su lado.

–Estoy aquí, *amore*. Siempre estaré aquí –le susurró al oído.

Clarissa abrió los ojos, esperando despertar de la pesadilla. Pero era la realidad. Ella sabía que lo que había dicho Ferruccio no podía ser más que la verdad.

–No soy quien pensaba que era.

–No importa. Eres la misma y tu vida también. Tu padre…

Ella tembló.

–Es tu padre. A él nunca le importó que vuestro vínculo no fuera biológico.

–¿Él siempre lo ha sabido? –gimió ella–. ¿Cómo sucedió? Ferruccio, por favor, cuéntame toda la verdad.

Ferruccio apretó la mandíbula y, tras un instante, asintió.

–Mi madre se llamaba Clarisse LeFehr. Sí, igual que tú. El rey te amó desde el primer momento y te puso el nombre de la mujer de su vida. Era una bailarina, su compañía actuó en Castaldini y el rey se enamoró perdidamente de ella. Luego, ella lo traicionó, o eso pensó el rey. La expulsó de su vida y se casó con tu madre, Angelina. Era un matrimonio de conveniencia, sin pasión. Tuvieron a Mario y a Paolo. Pero el rey le dijo a su esposa que nunca podría amarla como amaba a la mujer de su vida. Entonces, tu madre volvió con uno de sus antiguos pretendientes, Pierro Bartolli. Se quedó embarazada de ti y se lo confesó al rey –explicó Ferruccio–. Al mismo tiempo, el rey había averiguado que mi madre no lo había traicionado y había ido a buscarla, para retomar su relación. Cuando la reina le habló de su embarazo, el rey le prometió amar al bebé como si fuera suyo. Por otra parte, según me contó el rey, el tal Pierro era un cazafortunas. Tu madre se gastó en él casi todo su dinero, incluso le entregó sus joyas. Un día, la reina encontró a su amante con otra mujer. Pierro le dijo que ya no quería verla, que nunca la había querido y que todo lo que ella le había dado él se lo había regalado a la otra mujer. Creo que entonces fue cuando la reina empezó a maltratarte.

–Lo escribió todo en sus diarios. Mario pensó que

se refería a nuestro... su padre –dijo Clarissa entre sollozos–. ¿Y qué pasó con mi... mi padre biológico?

–Pierro murió hace cinco años, justo antes de que tu madre se suicidara –repuso Ferruccio, haciendo un gran esfuerzo para controlarse y no expresar lo que pensaba de aquel hombre–. En un accidente de barco. Que yo sepa, no tenía familiares vivos. Provenía de un entorno parecido al mío.

–Y su muerte... por eso ella estaba... –balbuceó Clarissa y se atragantó con sus lágrimas.

Pero no eran lágrimas de dolor, sino de tristeza. Y de alivio. Saber la verdad, al fin, podía darle la tranquilidad.

Entonces, Clarissa vio algo que nunca pensó que vería. Lágrimas en los ojos de Ferruccio.

–No, por favor.... Ferruccio, no llores. Tú, no –rogó ella, tomando el rostro de él entre las manos.

–Has sufrido tanto, *amore...* Y ahora...

–Ahora me alegro de conocer la verdad –le interrumpió ella–. Además, no tengo nada de lo que quejarme. Siempre tuve un padre que me quería, tu padre, y nunca me faltó de nada. Sin embargo, tú...

–Yo lo tengo todo ahora.

Sin embargo, Clarissa se encogió, pensando que su padre no podría resarcirle nunca por lo que no le había dado.

–Cuéntame el resto, Ferruccio. ¿Conocía mi... tu padre tu existencia?

–Lo averiguó cuando yo tenía quince años –contestó él tras un momento, apartando la vista.

–¿Y te dejó en las calles? Oh, *Dio, Dio...*

–*Amore,* no importa –aseguró Ferruccio, tomándola entre sus brazos.

–¿Que no importa? ¡Es un crimen imperdonable!

–No fue como tú crees –explicó Ferruccio y exhaló–. Cuando el rey Benedetto buscó a mi madre, ella ya había tenido a Gabrielle.

–¡Gabrielle es tu hermana! –exclamó ella, comprendiendo–. ¡Por eso la mirabas así!

–Sí. Pensé que nunca podría decirle que era mi hermana.

–¿Y estabas dispuesto a guardar el secreto durante toda la vida sólo para protegerme a mí?

–Teniendo en cuenta que iba a verla a menudo de todas formas, no era un gran sacrificio.

–Bueno, Ferruccio, sigue con la historia. Decías que tu madre estaba casada y tenía a Gabrielle…

–Cuando el rey Benedetto volvió a su vida, le confesó que me había dado en adopción. Ella había intentado encontrarme después, pero no le habían querido decir dónde estaba. Me buscaron juntos, pero no me encontraron hasta dos años después de que me escapara del último orfanato. Se les rompió el corazón al descubrir que me había convertido en un muchacho de las calles…

–¡Que se les rompió el corazón! ¡Ellos fueron los culpables! ¡Y tú la víctima inocente!

–¿Me estás defendiendo, *leonessa mia*?

–Si yo pudiera borrar el dolor que te causaron…

Ferruccio la apretó entre sus brazos y ella sintió la fuerza de su erección. Ella también lo deseaba… tanto…

–Mis padres tenían razones para asustarse –prosiguió él–. Yo era un adolescente violento y furioso y no andaban descaminados al sospechar que me había convertido en un delincuente callejero.

–¡Gracias a ellos!

–El rey me dijo que estaba dispuesto a mantenerme, pero que, por el bien de su familia y de su país, no podía reconocerme como su hijo. Yo le dije lo que podía hacer con su dinero. Lo único que estaba dispuesto a aceptar de él era su apellido.

–¿Cómo pudo pensar él que sus otros hijos eran más importantes que tú? ¿Cómo pudo negarte lo que te pertenecía?

–Fue todo por ti, *bella mia unica.* Si me hubiera reconocido como hijo, habría comenzado una reacción en cadena y podría haberte perdido.

Clarissa enterró la cara en el pecho de él, sollozando.

–El rey puso dinero en el banco para mí, suficiente para que pudiera estudiar y llevar una vida desahogada.

–Pero tú nunca lo tocaste.

–Me conoces muy bien –dijo él, sonriendo–. Aquel dinero fue como un acicate que me impulsaba a crecer, a demostrarle que podía ocuparme de mí mismo, que podía triunfar sin él. Así que supongo que debo darle las gracias por ello y por haberme convertido en quien soy.

¿Cómo podía estarle agradecido al padre que lo había rechazado?, se dijo Clarissa. Pero prefirió hacerle la pregunta que realmente le importaba.

–Háblame de la primera vez que viniste a Castaldini, por favor.

–Ah. Eso. Esa visita cambió mi vida para siempre –afirmó él, posando los ojos en ella–. Mi éxito en la vida me había ayudado a calmar mi rencor y quise establecer algún tipo de relación con el rey. Así que vine con el pretexto de hacer negocios. El rey estaba encantado de verme y yo creí que querría reconocerme como hijo suyo al fin. Entonces, te vi a ti.

Clarissa se apretó a él, expectante, sabiendo que lo que iba a escuchar sería clave para comprender su relación.

–Nunca había sentido nada igual por nadie y pensé que tú habías sentido lo mismo. Pero, antes de que pudiera acercarme a ti, el rey me dijo algo y me di cuenta de que eras su hija. Me sentí tan hundido que tuve que alejarme de él, sin mirarlo.

Todo empezó a encajar, al fin, se dijo Clarissa.

–Y te acercaste a las primeras mujeres que encontraste, para ahogar tu frustración.

–Eres muy perceptiva, *mia bella*. Quería probarme que había muchas mujeres donde elegir. Pero, enseguida, me di cuenta de que aquél no era el modo de hacerlo. Y me alejé de ellas –explicó él–. Entonces, el rey me interceptó. Yo le dije que lo odiaba y que él tenía la culpa de todo lo malo que me había pasado. Él comprendió la verdadera razón de mi disgusto. Había visto cómo te había mirado. Por eso, me confesó el secreto que había pensado llevarse a la tumba. Me dijo que tú no eras su hija biológica. Entonces, me dijo que había decidido presentarme al mundo como su hijo y como tu hermanastro. Yo me negué y él repuso que no quería que, de ninguna manera, se supiera que tú no eras hija suya. A consecuencia de eso, yo decidí seguir siendo ilegítimo a los ojos del mundo, para que nadie supiera que tú lo eras.

Clarissa estalló en sollozos.

–Era lo mejor para mí –aseguró Ferruccio–. Así podía cortejarte. El rey se alarmó y me dijo que no me permitiría jugar contigo. Pero yo sabía que lo nuestro podía funcionar. Nunca había estado más seguro de nada en mi vida.

Clarissa se quedó en silencio, con el corazón encogido.

–Pero, luego, cuando empezaste a rechazarme con tanto desdén, pensé que me había equivocado. He necesitado seis años para que me aceptaras... –dijo él y se apartó con gesto de derrota–. Aunque no me hayas aceptado de veras...

Clarissa lo agarró del brazo, impidiéndole que se marchara.

–He trabajado a tu lado cada día y hemos hecho el amor cada noche... al menos hasta que has dejado de desearme al saber que estaba embarazada. ¿Cómo puedes decir que no te he aceptado?

–Te sientes atrapada en este matrimonio. No quieres este hijo, siempre has creído que soy inferior a ti. Siempre fue ésa la razón de tu rechazo, ¿no es así?

Ella lo miró boquiabierta. Y empezó a temblar.

–¿Estás loco? ¿Crees que te rechazaba por esnobismo? ¿Cómo te atreves a pensar que soy tan estúpida y vacía?

–Yo no... –balbuceó él–. Cuando me rechazaste, no pude encontrar otra explicación. Mi mente no paraba de dar vueltas, en un círculo vicioso de esperanzas, dudas y desesperación.

–*Dio*... ¿es que no te has dado cuenta de nada? –protestó ella y comenzó gritarle, contándole por qué había tenido tanto miedo de entregarse a él.

Ferruccio tembló de alivio y felicidad. Pero ella no había terminado.

–Más bien, eres tú quien se siente atrapado y

quien no quiere a este niño. El día que te enteraste, tenías la cara más triste que…

–Te vi llorando –explicó él–. Pensé que me odiabas, que no querías tener un hijo mío. Cielos, Clarissa, hemos tenido tanto miedo de aceptar lo que sentíamos que nos hemos estado atormentando pensando lo peor.

Ella levantó la vista hacia él, con los ojos llenos de lágrimas.

–Entonces… ¿quieres tener este bebé? ¿Y a mí? ¿Para siempre?

–Como mi amor no tiene límites, es mejor que dure para siempre –dijo él, apretándola entre sus brazos y dando gracias al cielo–. Es nuestro destino, reina mía. Estamos hechos el uno para el otro.

–Demuéstramelo –pidió ella.

Ferruccio se lo demostró. Y, con cada palabra y cada caricia, escribió una nueva página en la historia de su amor.

Epílogo

Toda la familia se había reunido.

Hacía un año que había nacido Massimo y la vida había fluido con creciente armonía y felicidad entre sus padres, Ferruccio y Clarissa.

Phoebe estaba hablando animadamente con Julia, con Gabrielle y con el rey, cuya salud había mejorado mucho. Su hija, Joia, de veinte meses, estaba dormida sobre el vientre de Phoebe, que estaba otra vez embarazada. El niño de catorce meses de Mario y Gabrielle, Alessandro, estaba jugando con el quinto hijo de Julia y Paolo, mientras sus hermanos mayores los cuidaban.

Clarissa se agachó para levantar del suelo a Massimo, que estaba intentando agarrar al gato de la cola otra vez. Entonces, se giró al escuchar la risa de su marido y rey, Ferruccio, mientras hablaba con Mario y Paolo. Lo amaba más cada día. Lo amaba por quien era, no sólo para ella, sino también para Castaldini, que estaba floreciendo de nuevo bajo su mandato. Pero, sobre todo, lo amaba por el gran sacrificio que había hecho por ella.

Ferruccio había insistido en seguir siendo el «rey bastardo» ante los ojos del mundo, para protegerlos a ella y a su padre. Nunca dejarían que el rey Benedetto sospechara que ella sabía la verdad.

Entonces, Clarissa le hizo un gesto al rey y él asintió.

–¡Escuchad todos! ¡El rey Benedetto tiene algo que mostraros!

Benedetto se puso en pie y dio los primeros pasos que había dado desde la boda de Ferruccio y Clarissa. Había estado practicando, pero no había querido decírselo a nadie, sólo a Clarissa.

Todo el mundo aplaudió al verlo, felicitándolo.

En medio de la algarabía, Clarissa se acercó a su esposo, lo abrazó y le susurró algo al oído.

Ferruccio se quedó paralizado un momento y, luego, la tomó en sus brazos para llevarla a sus aposentos.

Iban a tener otro hijo y, aunque estaba deseando compartir la noticia con todos, primero quería celebrarla con ella… a solas. Y de forma urgente.

Eres para mí

BRENDA JACKSON

Matthew Birmingham nunca había jugado limpio, especialmente en lo que se refería a Carmen, su ex mujer. Pero cuando ella se mudó al otro lado del país, la siguió, decidido a recuperar su amor… por todos los medios posibles.

El amor del jeque

OLIVIA GATES

El jeque Adham veía el matrimonio como un acuerdo comercial y a su mujer como una mera conveniencia… hasta que tuvieron que hacer el papel de pareja enamorada en público. ¿Haría que se replantease la relación ver que otros hombres cortejaban a su bella esposa?